JN243467

残月
ヘリックス
「サモン・モンスター!!」
キース
ヴォルフ
サモナーさんが行くⅠ〈上〉

「お主は一緒に冒険する仲間はおらぬ、と」

「はい」

「召喚するモンスターが仲間、であると」

「はい」

「では召喚モンスターを前衛にして、後衛から援護する形を想定しておるのかな?」

「最初はそれでいいかとも思いましたが今は違います」

「ほう」

「共に肩を並べて戦いたいと思うのです」

「戦闘はそれで良しとしてもじゃ。冒険とは戦う事のみではないぞ?」

「ある程度は覚悟の上です」

ちょっと暫く静かに考えさせて！
フィーナ
いらっしゃい！出来立てで美味しいよ！
ミオ
サキ
私の方からキースにフレンド申請出しておく。
レイナ
質のいい弓素材の供給元は確保しておきたいよね！

# サモナーさんが行くⅠ〈上〉

著：ロッド
イラスト：四々九

モナーさんが行く

## Contents

# 第一章

事前調査は必要だよなあ。出会いの酒場でパーティメンバー募集掲示板を覗《のぞ》くと唸《うな》るしかなかった。

申し込みはまたも断られていた。メンバー募集中のパーティに一向に受け入れて貰《もら》えない。

自分のほうもメンバー募集を当然しているけど、こっちも書き込みは一切無い。

見てもらえているのかも怪しいな、これは。

お断りされている理由を明示してくれたほうが親切ってものなんだが。

オレが選択したのは召喚術師、即《すなわ》ちサモナーという職業である。

種族は人間、ステータスはやや知力と精神力高めの平均的なものだ、と思う。

何がネックになっていて敬遠されているのか、分からなかった。素で分からなかったのだ。

今更だけど掲示板でアナザーリンク・サーガ・オンラインベータテスト版で条件が合わない理由を調べてみる。あからさまに地雷職であると結論付けられていた。曰《いわ》く、『お荷物』『邪魔』『頓死職』『意味不明』といった評価です。

昨日は数時間ほどだが、暇を潰す程度に適当にソロプレイをしていた。

こういった情報に接する機会はなかったし、自分から情報を収集しようとも思っていなかった。

正に不勉強としか言いようが無い。いや、本当にこの職業を選択しているプレイヤーっているんだろうか？　完全にしくじった。

パーティ募集掲示板とは別の交流掲示板を覗く

と気分は更にげんなりとしてきた。

意味が分からない。こちとらベータ版やってないし、予備知識なしでキャラ作成してさっさと町の周囲をうろついてた訳だけどさ。

キャラ作成一発目で親係累がサモナー。

職業選択で当然サモナーがあったから選んだんですけど。なんかレアっぽかったし。

でもこの言われようはどうなんだろう。バカにされていて気分のいい筈《はず》もない。

始まりの町レムトの出会いの酒場を出ると冒険者ギルドを覗いてみる。

プレイヤーが選択できる種族・職業に共通する雑事は全てここで済ませる事が出来るのだ。これに対して出会いの酒場はパーティ編成や情報収集に特化している。

窓口で昨日の獲得したアイテムとなる野兎《のうさぎ》の角やら皮やらを売っておく。ノン《N》・プレイヤー《P》・キャラクター《C》職員の事務的な動きを眺めながら物思いに耽《ふけ》る。

どうしようか？

まあ時間潰しにゲームプレイをしてるようなものだ。考え方を変えよう。

他プレイヤーの干渉はないものと考えたらいいのだ。相談する相手がいないってのは不利だけどね。

「すみません、私はサモナーな上に冒険者駆け出しで色々と助言が欲しいんだけど……」

ダメ元でノン《N》・プレイヤー《P》・キャラクター《C》職員

「まあな。他の職業なら城内に伝手《つて》があったりするが、サモナーの伝手はそこしか知らんな」

こんな所にまで差別ですかそうですか。

後ろにいる他プレイヤーの視線が痛い。二重の意味で。早くどけと言われている気がした。

「メモ、無くすんじゃねえぞ！」

窓口のおっちゃんにそう言われると、一礼を返してさっさと退散した。

どうにも身の置き場がない。どうしてこんな事になったんだろう？


町を出る前に訓練場も覗いてみた。ここも人が多すぎる。

訓練を通じてある程度の経験を積めるとなれば、人気があるのも仕方がない。

のおっちゃんに聞いてみる。チュートリアルは説明だけでこの場合は大して役に立たない。欲しいのはオレのやりたいプレイスタイルに則した助言なのだ。

「冒険者駆け出しかい？　まあ時間はかかるだろうがアドバイスをくれる奴《やつ》ならいるぜ？」

おお。それはありがたい。というかなんで今まで聞かなかったのか。

窓口のおっちゃんが何やら布切れに書き込んでいる。

場所のメモを受け取ると始まりの町レムト城外の地図のようだ。

おい。そこまで辿《たど》り着《つ》けるか、そんな自信はないぞ！

「町の外なんですか？」

パーティメンバーが揃《そろ》うまでの時間潰しと見え、人の入れ替わりが多い。

それでも順番待ちがびっしりといた。ここも退散である。やはり身の置き場がない。

さっさと町の外に出よう。


町の中央は屋台のようにいくつかの露店が並んでいる。

そしてプレイヤーの数もそれなりに多くいた。プレイヤーであることを示す緑の逆三角形マークが頭上に浮いているのだ。

ちょっと奇妙な光景ではある。

恐らくはもっと多くのプレイヤーが町の外で狩りを続けていることだろう。

生産職組プレイヤーの露店はまだない。そこまで資金が溜《た》まっていないのであろうか？


それ故に現時点では食事にしてもアイテムにしてもノン・プレイヤー・キャラクター《NPC》に頼るほかない。

露店の一つでポーションを五つ買い込み、携帯食も二つ補充する。ポーションが一つで三十ディネ、携帯食が一つで六十ディネだ。

昨日の稼ぎは四百ディネで宿屋が百ディネであったから、もう手持ちは殆《ほとん》どない。それぞれのアイテム説明を【鑑定】で見るとこんな感じだ。

**【回復アイテム】**

ポーション　HP+8% 回復　品質C　レア度1　重量1

一般的なポーション。僅かにだがHPが回復する。
飲むとやや苦みが舌先に残ってしまう。
※連続使用不可。クーリングタイムは概ね10分。

**【食料アイテム】**

携帯食　満腹度+30%　品質C　レア度2　重量1

パサパサしているが軽い割りに満腹度をそこそこ満たす食料。
持ち運ぶのに便利。水も同時に摂とらないと効果は半減するので注意が必要である。
※連続使用可能。但し食べ過ぎには注意しましょう!

　他に手持ちなのは昨日購入した水筒とアイテムを入れるリュックサックだけだ。今日はある程度稼いでおかないと宿に泊まるのにも困る事になるだろう。

　ポーションは手軽に連続で使用出来るものではないらしい。クーリングタイムが存在しているとなると、あまりリスクの高い行動は控えねばなるまい。そのクーリングタイムもどうやら一定ではないらしいし。

　かと言ってポーションなしでメモで貰った場所にソロで辿り着くのも自信がない。保存食も無いと遠出で空腹状態に陥る可能性がある。

　初期マップの草原を踏破できるだけの実力が要る。やはりノン《N》・プレイヤー《P》・キャラクター《C》でもいいからアドバイスが欲しい所なのだが。鶏が先なのか卵が先なのか、判断しかねるな。

それにしても、だ。このゲームは親切なのか不親切なのか、判別し難い所がある。

オレってば保険の約款は見たくなくなるような人間なのだ。事前に仕入れる情報が多すぎても時間を食うだけ意味が薄い、とも思っている。

概ね、ＶＲＭＭＯのゲームなんてどれも似たようなものだろう。そう考えていたのがまずかったのかもしれない。氾濫している他のバーチャルゲームでオレが経験済みなのはシューティングゲームだけだ。


キャラ作成で親係累がサモナーだったのは恐らくレアなのだろうと思う。ステータスもそんなに悪い数値ではなかった。だからこそ職業選択もサモナーにしてしまったんだが。

それがパーティを組むにあたっては地雷になるとは、ね。自分の持つ運の悪さには溜息《ためいき》が出る。

それはさておいて。近場で狩りを兼ねて、メモの場所を目指して町を出るとしよう。

このゲームを始めて一日とちょっと、町の四方を近場だけブラブラと様子を見てはいる。

腰に挿した唯一の武装である初心者のロッドを右手に持つ。サモナーの初期装備だ。

昨日は見ることもしなかったステータスを確認してみる。

【武器アイテム：杖】

初心者のロッド　AP+0　M･AP+0　破壊力2　耐久値∞

殴ることも魔法発動もできる武器だが、その威力は微々たるものである。
ロッドの扱い方に慣れるための装備。

ほほう。ロッドは殴ることだけでなく魔法にも補正が付く武器らしい。

初心者向けとはいえ、物理攻撃も魔法攻撃も修正がゼロか。ゼロなのか。

殴る方は昨日適当に使ってみて使い勝手は分かっている。まあ単純に殴りつけるだけだし。

そしてサモナー特有のスキルを使う。呪文リストから選択するだけで自分自身のアバターが勝手に呪文詠唱をする親切設計である。

「サモン・モンスター！」

詠唱が終わると、召喚できるモンスターのリストが別の仮想ウィンドウで表示された。もっともそのリストには一行しかない。リストの一番上の行を選択する。

《個体名ヴォルフを召喚しますか？》

《はい》《いいえ》

当然《はい》を選択すると、目の前の地面に魔方陣が現れた。その中心に薄い影が出現し、徐々にその姿を濃くしていく。

昨日も召喚した茶色の毛並みを持つ狼《おおかみ》だ。

固有名称をつけるか選択肢があったので、ヴォルフと名前を付けていた。名前の由来はウルフのドイツ語読みで実に安直だ。

狼の頭上にはプレイヤーと同じく緑の逆三角形マークが浮かんでいる。初期スキルの【識別】で見てみると、ちゃんと名前はヴォルフになっていることが読み取れる。

昨日召喚したウルフと同じ個体、で間違いないのであろう。

オレの足元にじゃれつく様子を見せたので、首の後ろをさすってやる。ちょっと剛毛なのでモフモフとまではいかない。まあ気持ち良さそうにしてるのでいいか。

ウルフを召喚すると同時に自分の中から何か生気が抜けていったように感じられている。ステータス表示でＭＰ《マジックポイント》が三割ほど減っているのが分かる。

まあこれはしょうがないか。普段どおりに行動していれば僅かにではあるが自然回復することは分かっている。ＭＰ回復薬であるマナポーションは町でも売っているが、まだ高嶺《たかね》の花《はな》だ。

「じゃあ今日もよろしくな」

唯一の相棒に声をかけると西の草原フィールドに向けて足を早めて行った。昨日は町の周囲で既に狩りをしてはいる。問題はメモにある場所まで、無事にいられるかどうかだろう。

メモによると、アドバイスを貰えるという人物の住む場所は昨日歩き回った西の平原の更に先のようだ。目標の建物は森の中にある池のほとりの小屋、とある。

結構歩く距離になりそうだが致し方あるまい。指針を得るのに必要な投資であり、リスクなのだと割り切るしかない。

町の外に出ると遠目にも他パーティが街道沿いに移動しているのは見えていた。羨ましくはある。でもサモナーをネタとして見ているプレイヤーに弄《いじ》られるのも気分がいいものではない。少し離れて移動しよう。

ヴォルフが黄色の瞳をオレに向けている。なんとなくだが慰められてるような気がしていた。

そうだな、相棒。オレにはお前というパートナーがいる。

草原を一緒に駆けてみたりしてみる。ヴォルフはと言えば尻尾を振りながらオレについて来る。

いや、こうして見てるだけならまるで飼い犬と飼い主だよね？

単に街道沿いを歩くだけ、というのも味気ない。自動的にセットされていたスキルを見てみたい。ステータス、それにスキル一覧を別窓の仮想ウィンドウで表示させてみた。

**種族　人間　男　種族Lv1**
職業　サモナー（召喚術師）Lv1
ボーナスポイント残19

スキル
杖Lv1（New! サモナー初期取得スキル）
召喚魔法Lv1（New! サモナー初期取得スキル）
風魔法Lv1（New! サモナーランダムボーナス初期取得スキル）
錬金術Lv1（New! サモナー初期取得スキル）
連携Lv1（New! サモナーランダムボーナス初期取得スキル）
鑑定Lv1（New! サモナー初期取得スキル）
識別Lv1（New! 種族ランダムボーナス初期スキル）
装備　初心者のロッド　簡素な服　布製の靴　背負袋
所持アイテム　剥ぎ取りナイフ　老サモナー宅への地図

基礎ステータス
器用値　15
敏捷値　15
知力値　18
筋力値　12
生命力　15
精神力　19

初期段階と何も変わっていません。昨日一日、町の周りをブラブラとしていた割りにどのスキルもレベルアップしていない。

一覧の下に控えの項目もあるが、そこには何も表示されていない。ボーナスポイントの残りも多いのか少ないのか、そしてすぐに使っていいものかすらも分からない。

セットされているスキル項目に意識を向けると点滅するようだ。ずっと凝視しているとヘルプ画面が別窓で重ねて表示されていく。

移動しながらこんなこともできるのか。

使用説明を碌《ろく》に見てないからこうなる。

【武器スキル】
杖Lv1（New! サモナー初期取得スキル）
基本武装である杖、ロッド系武器を使いこなす為の戦闘スキル。
Lv 向上に従い攻撃による効果に様々なプラス補正と武技が得られる。

【魔法スキル】

召喚魔法Lv1（New! サモナー初期取得スキル）

使役するモンスターを召喚する魔法スキル。

Lv向上に従いより強力なモンスターの使役が可能となる。

召喚したモンスターはパーティメンバーにカウントされ、Lvアップすることで成長していく。


こんな感じになるんだ。

それにしても【召喚魔法】だけど、制限がつくのは知っていたけどね。パーティメンバーにカウントされるって所は確かにネックだ。

もう一回読み返そうとすると、ヴォルフが吠《ほ》えた。

周囲を見る。前方やや右から黒い塊が二つ、近寄ってきているようだ。

【識別】で見ると赤の逆三角形のマーカーが浮かんでいるのが分かる。

魔物だ！


迫っている二つの影はどうやら野犬のように見える。まだ距離があるせいか【識別】ではモンスター名称まで確認できない。姿形は犬のように見えた。

いや、昨日も戦ったワイルドドッグと思われる。赤の逆三角形のマーカーは点滅していて、オレ達を攻撃目標と認識しているものと分かった。

昨日は一匹だけを相手に戦って問題なく勝ってはいる。戦ってみた感覚ではホーンラビットよりは難敵、といった所だろう。一応逃げる選択肢もあるが。

「ヴォルフ、戦うぞ。但し無理はせずオレから遠く離れるなよ」

戦闘中でもポーションが使えるよう一つだけ服のポケットに入れてあるのを確認する。

一対一ならばノーダメージとはいかないがヴォルフなら余裕で勝つだろう。

だが二対二ならばどうか。ヴォルフとの連携が試される。

ヴォルフが姿勢を低くして迎撃の構えをとる。

こっちに迫るのは確かにワイルドドッグだ。

一匹が先行して突っ込んでくる所にヴォルフが飛びかかった。最初、互いに首元を狙うようにグルグルと回ったが、互いに攻めきれない。ワイルドドッグの意識はこっちに向いていないようだ。

ロッドでワイルドドッグを突く。但し腹の下側に向けて捻《ね》じ込《こ》むように、だ。そのまま跳ね上げて宙に放り上げるようにしてやった。

もう一匹はこっちに飛び掛ってくる所を横合いからヴォルフに体当たりを喰《く》らっていた。地面に倒れたワイルドドッグの腹をロッドで突いて地面に押し付ける。一瞬だが動きが鈍ったワイルドドッグの咽笛《のどぶえ》にヴォルフが噛《か》み付《つ》いた。

ワイルドドッグのＨＰバーが一気に減っていくのが分かる。

もう一匹のワイルドドッグが迫って来る。攻撃対象はヴォルフのようだ。

今、行動を抑えているワイルドドッグの止《とど》めを刺すのを優先するか。迫ってくるワイルドドッグを牽制《けんせい》するのを優先するか。

逡巡《しゅんじゅん》するが決断する前に体を動かしていた。

ロッドで抑えているワイルドドッグは右足で踏みつけ、ロッドはもう一匹に向けて構え直す。

ヴォルフに体当たりするような勢いで迫ってくるワイルドドッグの横っ面を叩《たた》いてやった。

そこそこダメージは与えたようだ。

そして距離が開いたので余裕ができた。

呪文を選択する。

初期セットしてある共通魔法で最初から使える攻撃呪文、フォース・バレットだ。

足元のワイルドドッグはヴォルフに咽笛を噛まれたままダメージを受け続け、ＨＰバーが消失した。これでもうあと一匹。

形勢不利と見たのか、残ったワイルドドッグが身を翻して逃げようとする。

「フォース・バレット！」

目には見えない魔力の塊が背後からまともに命中し、その威力で転がっていった。

ＨＰバーは大して減ってはいない。

だが転がってしまったことでヴォルフに対する隙を生じてしまっている。

後ろ脚に噛み付いたヴォルフはそのまま引《ひ》き摺《ず》るように移動し、振り回すようにしてダメージを与え続ける。

オレも即座に距離を詰めるとロッドで腹のあたりを突きまくる。程なくしてＨＰバーが消失した。

《只今《ただいま》の戦闘勝利で種族レベルがアップしました！　任意のステータス値に1ポイントを加算して下さい》

目の前に小さくステータス画面が現れて、視線を移動するとステータス項目が点滅する。

種族レベルがアップ？

どうしたらいいのかな？

他にパーティメンバーのプレイヤーがいるのなら特化したい所だが、今は相棒のヴォルフしか頼る存在がない。戦闘ではロッドで殴りつける機会も多いことだろう。

筋力値を凝視する。

《筋力値に一ポイント加算しますか？》

《はい》《いいえ》と横に選択肢が現れる。

《はい》を凝視すると筋力値が変化した。

キャラクター成長の最初の一歩だ。

**基礎ステータス**

| | |
|---|---|
| 器用値 | 15 |
| 敏捷値 | 15 |
| 知力値 | 18 |
| 筋力値 | 13(→１) |
| 生命力 | 15 |
| 精神力 | 19 |

《ボーナスポイントに二ポイント加算されます。合計で二十一ポイントになりました》
《取得が可能な武器スキルに【棍棒《こんぼう》】【両手槍《やり》】【打撃】【蹴り】が追加されます》
《取得が可能な補助スキルに【投擲《とうてき》】が追加されます》
《スキル取得選択画面に移行しますか？》
一応《はい》に進んで選択項目をザッと見る。
スキルは武器、防御、魔法、生産系、補助、と大まかに分けられている。
だが項目が多すぎて目移りしてしまい、真面目に選ぶ気は起きない。これはアドバイスを受けてからのほうがいい。移動を優先しよう。
最後にボーナスポイント残が二十一へと増えていた事だけは確認しておいた。

ワイルドドッグに剝ぎ取りナイフを突き立てると死体は消えて行く。アイテムは残らなかった。

もう一匹も同様である。残念でした！


そこから更に西へと進む。昨日うろついていたあたりの丘の上から見た光景は壮絶だった。

獲物を求めてうろつくパーティがいくつも見えている。

魔物を狩り尽くす勢いでオレの獲物は余りそうに無い。だが西への移動のリスクが低くなると考えよう。

遠目に目標となる森を眺めながら街道に沿って歩き続けた。

ホーンラビットは町の周囲で出現するポピュラーな魔物、らしい。
昨日も狩ったが、上手《うま》く立ち回れば、今のオレでも単独で勝てそうである。無傷で、とはいかないだろうけどね。
今日はヴォルフがいるおかげで、一匹だけで遭遇したホーンラビットは五匹連続ノーダメージで葬っていった。
ドロップアイテムは【鑑定】してみると皮二枚に肉三塊だ。角も三つ拾っている。

**【素材アイテム】**
野兎の皮　原料　品質C　レア度1　重量1
ホーンラビットの皮。まだなめしていない。一般的に流通する小さな皮。

**【素材アイテム】**
野兎の肉　原料　品質C　レア度1　重量1
ホーンラビットの肉。野趣に溢あふれる味で知られているが肉質は硬い。

**【素材アイテム】**
野兎の角　原料　品質C-　レア度1　重量0+
ホーンラビットの角。先端は鋭く尖とがっている。

現時点で換金できるのはこれらドロップ品が頼りだ。ホーンラビットもワイルドドッグもお金を落としたりしない。
三匹目を倒し、ドロップアイテムの肉の確認を終えた所でインフォメーションがあった。

《只今の戦闘勝利で職業レベルがアップしました！》
《取得が可能な補助スキルに【解体】が追加されます》
《只今の戦闘勝利で【杖】がレベルアップしました！》
《只今の戦闘勝利で召喚モンスター『ヴォルフ』がレベルアップしました！》
ほう。一気に増えたな。
《任意のステータス値に1ポイントを加算して下さい》
おや？　召喚モンスターでもレベルアップ時に任意のステータスを上昇できるようだ。
オレの時の種族レベルアップと同様に目の前に小さくステータス画面が現れる。視線を移動させるとステータス項目が点滅していく。

ヴォルフ
ウルフLv1 → Lv2(→ 1 )
器用値 8
敏捷値 25(→ 1 )
知力値 12
筋力値 10
生命力 15
精神力 10

さすがに素早いんだな。敏捷値は既に上昇となっている。視線を移動させて敏捷値が上げられないか、試してみた。

《今回のレベルアップで上昇するステータスとなります。任意での上昇選択はできません》

おっと、残念。どうやらステータスは二ポイント上昇出来るようだが、既に上がっている項目は指定出来ないようです。任意で選択できるのは他のステータスに対して一ポイントだけのようだ。

こうなると育成方針はどうすべきか、考えていなかった事が悔やまれる。悩ましい。

今、オレがヴォルフに求めている事は何か？

やはり近接攻撃における打撃力強化ですね。

筋力値を凝視する。

《筋力値に一ポイント加算しますか？》

《はい》《いいえ》と横に選択肢が現れる。

《はい》を凝視すると筋力値が変化した。

気のせいかヴォルフも嬉《うれ》しそうに見える。ご褒美をあげてもいいかもしれない。

ヴォルフってば野兎の肉って食うのかね？　メニュー画面を呼び出しヘルプの検索窓に『召喚』『モンスター』『エサ』と入力してみる。召喚魔法の説明欄の一部が呼び出され、別窓に表示された。

《召喚されたモンスターはそのタイプに拘《かか》わらず食事やエサの必要はありません》
《HPの回復、MPの回復はプレイヤーと同様の扱いとなります》
《召喚状態を解除した場合、そのクーリングタイムの長さに従いHPの回復、MPの回復が行われます》

おっと。関連項目にまで目を通しそうになった。危ない危ない。熟読し始めると終わりが見えなくなるのはオレの悪い癖だ。

ところでエサ不要とは便利だな。でもまあ食わせてみてもペナルティがあるとも思えない。


「食うか？」

食うかどうか、実地で試してみたらいい。

野兎の肉をヴォルフの目の前に差し出すと、うれしそうにかぶりつく。

ほう。食うじゃないの。

ヴォルフの食事が終わるまで背中の毛並みの感触を楽しみながら待つ。がっつき振りが半端ない。野兎の肉は見る見るうちに骨だけになっていった。


「満足したか？」

舌で口元を舐《な》めるヴォルフにそう囁《ささや》く。尻尾も弾んでいる。満足したようだな。たまにならご褒美はアリってことにしよう。

移動しようとするとヴォルフが口に何か咥《くわ》えている。野兎の肉の成れの果て、野兎の骨だ。

**【素材アイテム】**

野兎の骨　原料　品質E　レア度0+　重量0+

ホーンラビットの骨。もはや食べられる部分は骨髄しかない。

《これまでの行動経験で【鑑定】がレベルアップしました！》

【鑑定】してみても利用価値があるとは思えないが。

「必要なのか？」

ヴォルフが名残惜しそうにしているので、骨を受け取ると荷物に入れておいた。満足そうに見えるのは気のせいだろうか？

それから暫《しばら》くは道沿いに進んだ。他のパーティの狩りの様子もたまに見える。

ドロップアイテムがあるホーンラビットを狙って狩りに向かっているパーティが多いようだ。

あれ？　何か鳥のようなものと戦っているパーティがいた。【識別】で鳥を見てみようとするが距離があって確認できない。

いや待て。距離が縮まったようで【識別】出来たようだ。

ステップホーク　レベル1
魔物　討伐対象

頭上の赤い逆三角形のマーカーは点滅していない。攻撃目標がこっちではないからだ。

この鷹《たか》はどうやら後衛の魔法使いを狙っているようだった。

いや違うな。正確には魔法使いが持っている何かを狙っているように見える。纏《まと》わり付くようにしつこく迫っていた。

そのパーティは五人編成であるようだ。攻撃を繰り出してはいるものの、その攻撃はまるで当たっていない。魔法使いに攻撃が当たるのを躊躇《ちゆうちよ》しているためだろう。

魔法使いの頭を突いていた鳥は何かをその両足に摑《つか》んで飛び上がった。肉塊だ。

【識別】なのか【鑑定】なのか分からないが、視線を合わせると野兎の肉であることが小さな別窓で表示される。態勢を立て直した魔法使いが攻撃呪文を放つが、当たらずに終わった。

「あ――――!! お肉返せえええええええ!!」

弓を持った女性が叫んでいた。その気持ちは分かる。ドロップしたホーンラビットの肉を横取りされたって事なのだろう。

そういう事もあるのね。オレも注意せねば。

《これまでの行動経験で【識別】がレベルアップしました!》

おや? 戦闘に参加していないのにスキルがレベルアップしてしまった。

こういうのもアリなのか。そうか、ならば積極的に色々と見て回るのもいいのだろう。

それから更に西へ、道沿いにずっと進む。まだ目印になる物見《ものみ》櫓《やぐら》が見えない。さすがに他のパーティを見かける事も少なくなった。

魔物に遭遇してもよさそうなのに、魔物がウェルカムな時に限って遭遇しない。だがいずれは出会う。道の外れで佇《たたず》んでいたホーンラビットを見つけた。

頭上の赤い逆三角形のマーカーが点滅し、こっちに迫る。【識別】で見てみると確かにホーンラビットだ。

ホーンドラビット　レベル1
魔物　討伐対象　アクティブ状態

あれ？　さっきよりも表示内容が増えているようだが。識別がレベルアップした影響なのだろうか？

「行くぞヴォルフ！」

狩りは積極的にするべきだ。オレ自身、ちょっとだけ強くなった手応えはあるだろうか？

戦闘は長引いていた。おかしい。このウサギってば随分とタフだな。

ヴォルフがいる分、有利に戦えている筈なのになかなか倒れてくれない。魔物のＨＰバーは半分をようやく切った所のようだ。

なんでこんなにタフなんだ？　なんで？

オレはどうやら大きな間違いをしていたようだ。

このウサギ、角が真《ま》っ直《す》ぐではなく、微妙に反《そ》ってきているように見える。実は別の魔物か？

改めて【識別】で見てみる。

ホーンドラビット　レベル１
魔物　討伐対象　アクティブ・激昂《げきこう》状態

えっと。ホーン『ド』ラビット？

運営め、紛らわしい名前の魔物を用意するなんてバカじゃないの？

こういう遊びもあっていいと思う。個人的には好きだ。でも今は別の事に注意を向けるべきだ。

激昂状態って何だ？

このウサギは最初、ホーンラビットと変わらない姿形だったのは間違いない。それが変容している。

角は更に反っていっているようだ。体も若干だが大きくなり、茶色の毛の一部が徐々に濃い黒になり縞模様《しまもよう》になっていった。口から牙のような前歯が伸びてきているのも分かる。

いやな予感しかしない。目が赤く血走ってきている。

次の刹那。

目の前に何かが迫っていた、と見えたが次の瞬間には消えていた。

二つの獣の荒ぶる咆哮《ほうこう》が響いている。

ウサギがこっちに飛び掛かると同時にヴォルフが横合いからウサギに攻撃を仕掛けたのだ、と分かった。危なかった！

ヴォルフはと言えば、ウサギの首に噛み付いたまま振り回そうとしていた。ウサギはウサギで、自分にもダメージがあるのもかまわず飛び跳ねている。獣同士の命の削り合いだ。

フォース・バレットを撃てるよう準備するが、なかなか呪文を放つ機会が摑めない。ヴォルフが一旦離れてくれないと間違って当たりそうで撃てない。

こちらの思考を読み取ったのか、ヴォルフがウサギが跳ねるのと同時にその牙を放した。今だ。

空中に浮いた状態のウサギに向けて魔法を撃つ。

「フォース・バレット！」

魔法は命中するが、ＨＰバーはそんなには減ってくれない。

だが吹き飛ばされたウサギは背中から地面に着地してしまい、大きな隙を見せている。

ヴォルフが再び襲い掛かった。噛み付いた箇所は後脚だ。

そのまま振り回すと地面に叩き付けた。

何度も。

何度も。

その後はオレの出番はなかった。


「よく頑張ったな」

ヴォルフのＨＰバーは半分を割り込んでこそいなかったが、三割程減っている。

服のポケットに入れてあったポーションを取り出すと、ヴォルフの背中にかけた。全快とはいかなかったが、余裕は出来ただろう。

オレはと言えば何度か攻撃が掠《かす》っていて一割程ＨＰが減っている。自分にはポーションは使わないでおく。時間経過で僅かではあるがＨＰは回復してくれるのも分かっている。

剝ぎ取りナイフを突き立てると、ホーン『ド』ラビットはドロップ品を三つ残して消えた。

肉と角、それに宝物もあった。

**【素材アイテム】**
縞野兎の肉　原料　品質C-　レア度3　重量1
ホーンドラビットの肉。野生の力が宿る肉だがこのままでは硬くて歯が立たない。

**【素材アイテム】**
縞野兎の角　原料　品質B-　レア度4　重量0+
ホーンドラビットの角。先端は鋭く角そのものは反っている。

**【魔法アイテム】**
魔石　原料　品質E+　レア度2　重量0+
魔物に宿る魔力が集約されて核となった物質。

魔石、ですか。品質はともかく、レア度が微妙に高くなっていた。
最初のフィールドのレアモンスターか何かだろうか。妙に強かったし。六人パーティでなら手強《てごわ》くはあっても問題ないのだろうが。

いや待て。召喚したヴォルフと行動を共にしているだけでも経験値を稼いでいるのか？
もう一度、ヘルプで魔法スキルの説明を見たら済むことだ。

さらに西へ進む。道沿いにホーンラビットを狩りながら進む。遠目に森が見えた頃にそれは起きた。

《これまでの行動経験で召喚魔法レベルがアップしました！》
え？　移動してる最中にレベルアップ？
レベルアップしたのは召喚魔法スキルだ。別に召喚魔法は使っていない。

【魔法スキル】

召喚魔法Lv2

使役するモンスターを召喚する魔法スキル。
Lv 向上に従いより強力なモンスターの使役が可能となる。
召喚したモンスターはパーティメンバーにカウントされ、Lv アップすることで成長していく。
※召喚モンスターと共に行動する時間は長いほど、行動に伴う経験が濃いほど早く成長します。
※場所によってはモンスターの召喚を制限される場合があります。
※召喚モンスターは死亡してもロストとなりませんが、経験値減少ペナルティとクールダウンが必要です。

うん、確かに書いてある。

確かに召喚魔法は呪文を乱発するようなスキルではない。冒険の最初に使う程度だし。

まあレベルアップの仕方としてはアリだと強引に納得する事にした。

そういえば他のスキルの説明は確認してなかったな。別窓で呼び出してみよう。

**【魔法スキル】**

風魔法Lv1（New! サモナーランダムボーナス初期取得スキル）

風属性の呪文（スペル）を使いこなす為の魔法スキル。
Lv 向上に従いより高度な風属性の呪文（スペル）の使用が可能となる。

**【生産スキル】**

錬金術Lv1（New! サモナー初期取得スキル）

素材アイテムを加工して様々なアイテムを作製する生産スキル。
物理法則に則のつとるもの、物理法則に反するもの、魔法による加工を介在するもの、その全てを操作する。
Lv 向上に従いより高度なアイテムの作製が可能となる。

**【補助スキル】**

連携Lv1（New! サモナーランダムボーナス初期取得スキル）

行動の切替えや並行した行動をアシストする補助スキル。
手際がよくなる、器用に物事をこなすのに有効。
Lv 向上に従いより器用な行動が可能となる。

**【補助スキル】**

鑑定Lv2（New！サモナー初期取得スキル）

アイテムの価値を見抜く補助スキル。
Lv 向上に従いレア度の高いアイテムの価値を見抜けるようになる。

さくっと全部に目を通してみた。
概ね、読めば理解出来るのだが【連携】だけが謎スキルだな。アクティブなんだかパッシブなんだかも分からんし。
補助っていうのはまあ言葉通り補助と受け取ればいいんだろうか？　ランダムボーナスとあるのだしオマケと考えておこう。
目を凝らすだけで【鑑定】と【識別】を自然と使っていたというのはご愛嬌か。
おっと。また沈思黙考にふけってしまいそうになっている。先に行こうか。

森が間近に見えるまでにワイルドドッグとホーンラビットを一匹ずつ狩っていった。道はさほど深くはない森の中に続いていて、目印になる櫓《やぐら》も遠目に見えている。

森に入ると同時に死角も増える。出てくるモンスターへの警戒は必須だろう。ヴォルフにもう一つポーションを与え、いくらかＨＰを回復させておく。

「ヴォルフ、不意討ちには気をつけろよ」

その言葉に対して、ヴォルフはやや体勢を低くして警戒の構えをとった。おお、なんかカッコイイぞ！

道を進んでいくと両脇の森の中のそこかしこで気配を感じる。派手な音も時折聞こえていた。森の中で狩りをやっているパーティはそこそこ多いようだ。

一度は、道を横断して逃げる傷だらけのワイルドドッグ二匹を追いかける五人パーティを見かけた事があった。まあ邪魔しちゃいけないよな、と思って見ていただけだが。向こうも一瞥《いちべつ》をくれるものの、こっちを無視していく。

いや。一人だけ、足を止めてオレとヴォルフをジロジロと見回してきた。

「何だ、召喚モンスターかよ。サモナーとかクズめが」

それだけ言い放つと彼は仲間を追いかけていった。

うん。分かってはいたが少し傷つくな、これは。

結局、櫓のある場所には魔物に遭遇する事なく到着した。櫓の上には弓を持った兵士が二名見える。櫓の下は槍と盾で武装した兵士四名が固めていた。

「待て！」

誰何《すいか》の声が飛ぶ。歩みを止めて周囲を見回してみる。櫓の奥には小さな詰所らしき建物が見え、その周囲は石塁で囲まれていた。

兵士達の頭上に浮かぶマーカーは全て黄色、彼等《ら》もノン《N》・プレイヤー《P》・キャラクター《C》だ。

「そいつは狼？　いや犬か？」

「私の相棒ですよ」

ヴォルフを警戒しているようだ。これはしょうがない。ノン《N》・プレイヤー《P》・キャラクター《C》から見たら初見でヴォルフをプレイヤーに準じる存在と思わないだろう。

今後は首輪でも用意しておいたほうがいいかもしれない。ヴォルフはオレの左横で待ての体勢のまま尻尾を振っている。オレは左手で頭をやさしく撫《な》で続けた。

「一人なのか？」

おお、貴方《あなた》もそれを言いますか！

「いえ、相棒がいますので」

「それにしても森の周囲に来るには軽装すぎるぞ？」

心配されてしまったのか？　いや、これは呆《あき》れられてしまったのだろう。

「用件が済んだらすぐに退散しますよ」

兵士達はそれ以上、声を掛けて来なかった。興味を失っているようだ。他の兵士も視線を合わせようとしない。

まあこんなものか。

地図をもう一度確認してみる。櫓のある場所から道なりに進めば小さな集落がある。その途上の中間あたりに大きな岩があり、そこから細い道を進めばいいようだ。

後ろに櫓が小さくなったその時、ヴォルフが急に低く唸り始めた。ロッドを構え直す。魔物か？

森から出てきた影は今までに遭遇したモンスターの中では最大級であった。馬だ！

はぐれ馬　レベル3
魔物　討伐対象　アクティブ・激昂状態

【識別】でも魔物扱いで間違っていない。

マーカーも赤のため魔物なのだろうが、馬が相手か。

しかも微妙にレベルが高い。ロッドを構えきる前に突っ込んで来た。

速い！


蹄《ひづめ》が地面を叩く音をすごく近くで聞いたような気がしたが、まだ生きていた。ヴォルフがオレの体ごと転がり馬の突入を回避したようだ。

助かった。

ナイスだヴォルフ！

はぐれ馬は距離を置いて、再び突撃してくる様子を見せている。どうする？

道で戦っていては馬のほうが有利だ。

「ヴォルフ、来い！」

森に一旦、退避するしかない。

それでも地の利はこちらにあるとは言えないだろうが、路上よりはマシだろう。

マーカーは点滅しているままで、こちらを狙ってきている。急げ、オレの足！

だが相手は馬だ。オレの後ろで荒い息が聞こえている。こいつの足を止めねば！

ほんの少しでいい、攻撃魔法を撃ち込む時間が欲しい。

木の幹の裏手に身を隠すと、その脇を馬が突っ切っていく。あ、危ねえ！

更に別の木の幹に身を隠す。ヴォルフも傍《そば》に付いてきていた。

幹の陰から僅かに顔を出して周囲を窺《うかが》う。馬の尻が見えていた。こっちに気がついている様子はない。

頭上のマーカーはまだ点滅している。行くか？

いや。ヴォルフが身を起こそうとするのを手で押《お》し留《とど》めた。ここは去るのを待とう。音をたてないよう身を低く、気配を消すのだ。

ヴォルフもおとなしくオレの行動に忠実に従ってくれた。

馬はこっちを振り向くことなく、程なくマーカーの点滅は止まった。そのまま去っていく。

「まあ無理することはないさ」

ヴォルフにそう言い訳してみせる。ちゃんとパーティが組めていればなんとかなっていただろうに。

そんな事を思ってたらインフォがあった。

《只今の戦闘経験で取得が可能な補助スキルに【隠蔽】【気配察知】が追加されます》

えっと。今の戦闘は回避しただけなんだけど。

身を隠す、気配を探るといった行動結果に対して補助スキルの取得権が与えられる、と解釈していいのだろうか？　果たして合理的と言っていいのか、よく分からんな。

考え込むのは放棄して元の道に戻り、先を急ぐ事にした。

目印はすぐに分かった。大きい岩、とあったが確かに大きい。要石と表現するのにふさわしい威容だ。よじ登る気にはなれない。

街道を道なりに進むのはここまでだ。メモによれば僅かに判別できる獣道のような細道へと進まねばならない。

魔物の不意打ちに警戒が必要だろう。

「行くぞ」

ヴォルフが付いて来る。

いや、先行して進んでくれるようだ。確かに周囲の気配を探りながら進むのであれば狼のほうが人間よりも優れているのは当然か。任せていいのだろう。

草叢《くさむら》に何かいる。

そう思ってたら討伐対象外の蛙《かえる》や蛇だった。ビビり過ぎなオレに対して、相棒のヴォルフは悠然としたものだ。

そんなヴォルフが足を止めた。姿勢を低くしたまま動かなくなる。

「？」

何かと思えばニワトリ？

体長は五十センチメートル程、尻尾の羽まで含めたら八十センチメートルといった所か？　マーカーは討伐対象を示す赤だ。

暴れギンケイ（メス）　レベル2

魔物　討伐対象　パッシブ

目を凝らすと自動で【識別】が働いたようで情報をもたらしてくれる。パッシブ、と言う事は魔物相手に気付かれず接近出来るって訳か。

括弧付でメスとあるのならオスもいるって事なのだろう。魔物の足元には蛇がいて時々啄《つい》ばまれているようだ。食事中のようだ。

さて、どうする？

狩るのが最も望ましいが、こいつがどの程度強いのかは不明だ。とは言えオレが持ち合わせている攻撃手段は限られている。

呪文リストを呼び出してみよう。

サモン・モンスター（召喚魔法）
リターン・モンスター（召喚魔法）
フォース・バレット（共通攻撃魔法）
センス・マジック（共通知覚魔法）
エアカレント・コントロール（風魔法）
フィジカルエンチャント・ウィンド（風魔法）

ある程度の距離を置いて使えそうなのはフォース・バレットだけか。

エアカレント・コントロールは直訳で気流操作って所だろう。

フィジカルエンチャント・ウィンドって何？

フィジカルエンチャント・ウィンドの項目に視線を合わせてその効果を確認してみる。

**【フィジカルエンチャント・ウィンド】**

呪文:風魔法

身体に風の力を付与して一時的に敏捷値を向上させる。

自己付与には制限なし。他者付与には接触もしくは五メートルの範囲で可能。レジスト判定あり。

効果時間は約15分。

敏捷値向上か。使えるかどうかは試してみたら分かることだ。

凝視して呪文リストのフィジカルエンチャント・ウィンドを選択する。

「フィジカルエンチャント・ウィンド!」

呪文詠唱は自動で終わる。そして呪文を掛ける相手はヴォルフだ。

首元に手を置いてスペルが完成する。

頭上のマーカーの上に小さなマーカーが重なって表示された。これが呪文の効果がある事を示す仕様らしいな。

「オレが攻撃したら追撃してくれ」

ヴォルフに呟《つぶや》く。

次にフォース・バレットを呪文リストから選択して実行する。小声で呪文詠唱が終了した。狙う魔物はまだ食事中だ。

いける！

「フォース・バレット！」

攻撃呪文を放つと同時にヴォルフがダッシュした。

速い！

オレもその後を追う。

攻撃呪文は命中、魔物は体勢を崩してしまいＨＰバーも少し削れていた。

こっちを向く鳥の首元にヴォルフが噛み付く。

魔物のほうも脚で反撃を試みるが、絶妙な角度で噛み付かれていて届いていない。

ヴォルフはやや手間取りながらも魔物を地面に押し付けることに成功していた。

オレが駆け寄った頃には勝負はついていた。

既に魔物は虫の息である。なんと呆気《あっけ》ない。

《只今の戦闘勝利で取得が可能な補助スキルに【奇襲】が追加されます》

ついでに取得できる補助スキルが増えたようだ。重畳である。スキルを取得するかどうかは保留だけどな！

剝ぎ取りナイフを突き立てるとドロップ品一つを残して死体は消えていく。翼だ。

**【素材アイテム】**

銀鶏の翼　原料　品質D+　レア度1　重量1

暴れギンケイ(メス)の翼。一般的には矢羽根に加工されている素材。

分かりやすいヒントだ。弓矢をメインウェポンとするプレイヤーなら欲しがる事だろう。加工する必要はあるけど。

オレだと売る以外に使い道がない。さっさと背負袋に放り込んでおくか。

ヴォルフはオレのドロップ品回収作業中も周囲を警戒してくれている。いい仔《こ》だ。

そういえば召喚モンスターのスキルってあるんだろうか？

見てみるか。召喚リストのヴォルフの項目を凝視してみる。仮想ウィンドウが視界の端に表示されていた。

**ヴォルフ**

| | |
|---|---|
| ウルフLv2 | 警戒中 |
| 器用値 | 8 |
| 敏捷値 | 25(+2) |
| 知力値 | 12 |
| 筋力値 | 11 |
| 生命力 | 15 |
| 精神力 | 10 |

スキル

噛み付き
疾駆
威嚇
聞耳

敏捷値、凄《すご》いな!

括弧付でプラス2と表示されているのは先刻のフィジカルエンチャント・ウィンドの効果だろう。冒険者駆け出しとしては良いのか悪いのか、よう分からん。

今は移動だ。周囲に魔物がいる雰囲気がないのを確かめ、この場を去る。まだ目的地は見えていない。

細道は獣道に近いが辿る事は難しくない。一度、遠目に暴れギンケイが十匹ほど群れている場所があった。

三匹ほどが銀・白・黒で彩られた派手な格好をしている。派手な個体は一回り大きいようだ。

暴れギンケイ（オス）　レベル5
魔物　討伐対象　パッシブ

一匹だけ【識別】してみた。なにこいつ、怖い。

他の個体も【識別】してみると、他のオスはレベル4とレベル3だった。メスはレベル1からレベル3といった所だ。

魔物の群れはオレに気付く様子はなくそのまま去って行く。

危なかった。森の中は油断ならんな。あんなのと偶発的に遭遇したらヤバイ。

暫くは警戒しながらゆっくりと細い道を辿って行くと、ようやく目的の場所に着いたようだ。

その家は石塁で囲まれていた。屋根の一部しか見えないが、随分と古い。煙突から漏れる僅かな煙が人が住んでいる気配を伝えていた。門構えは地味ではあるが重厚であり、堅い守りを感じさせる。

もちろん門は閉ざされたままだ。どう入っていいものやら。インターホンは無いのだ。

《何者かね？》

まるでインフォのような声が脳内に響いた。どこから話しかけられているんだ？

「えっと、冒険者ギルドからこちらを紹介して頂いたのですが、私は駆け出しの冒険者でキースっていいます」

とりあえず大きな声で答えてみる。

《証明できるものはあるかね？》

「メモ程度ですがあります」

ヴォルフが体を寄せてきた。小さく低い唸り声を上げている。何かに怯《おび》えているのか？

ふとヴォルフが頭をもたげると門扉を見た。オレもつられてその視線の先を見る。門扉のさらに上、侵入者を阻むようにある数多くの突起物だ！

その一つに鳥が佇んでいた。白いフクロウ、しかもかなり大きい。頭上のマーカーは黄色。

ノン・プレイヤー・キャラクター《NPC》扱いって事かな？

マギフクロウ　？？？
？？？　？？？

うわ、なんか強そう。

【識別】ではそれ以上の事は見えない。ヴォルフもなんか怯えた様子のままだ。

《地面に見えるように置いてくれるかね？》
「はい」
言われるがままにメモの羊皮紙を地面に置いた。
フクロウが地面に舞い降りる。広げた翼は大きく、まさに猛禽《もうきん》であることを誇るかのようだ。その羽もまた美しい。瞳の色もブルーで実に綺麗《きれい》だ。
《まあええじゃろ》
フクロウはメモを嘴《くちばし》で拾い上げる。そのまま石塀の向こうへと飛んで行ってしまった。
《門を開けるから中に入ってくるがいい》
どういった仕掛けなのかは分からないが、重低音を響かせて門扉が開いて行く。しかも跳ね上げ式だ。まるで回廊のような通路を抜けると、やけに広い敷地の中に不似合いなほど小さな家が一つ。
不思議な空間がそこにあった。

その小さな家の前には一人の老人が佇んでいた。左手には魔法使いにありがちな杖。その捩《ねじ》れた形状の先端には先ほどのフクロウが止まっている。

頭上の逆三角形のマーカーは黄色。意識をこらしてみるが情報は一切読み取れなかった。

手強そうだ。

「全く。冒険者ギルドも人手不足なのかのう」

老人の前に歩み寄って一礼すると、ヴォルフも一緒に一礼した。おお、賢い。

「初めまして。駆け出しの冒険者のキースです。こっちは相棒でヴォルフ」

「ふむ」

ローブ姿のその老人はすらりとして背が高かった。アゴの鬚《ひげ》は白く短く刈り込んで揃えてあるようだ。顔付きは柔和なのだが目は鋭く笑っていない。

「恥ずかしながら先達の召喚術師に指導頂ければと思いギルドに相談した所、こちらを紹介頂きました」

「うむ。もう確認はしておる」

え。もうですか？　いつ済ませたんだ？

「顔に出ておるぞ」

「え？」

「お主が声をかけたギルド職員はワシの知り合いじゃよ。メモの筆跡ですぐに分かる」

更に一歩寄ってくると目を覗き込まれた。

何だ？

「で、何故《なにゆえ》に指導を必要としておるのじゃ？」

「共に冒険する仲間が召喚したこの子だけなのです。私は冒険者としても召喚術師としても未熟でして」

「格好を見たら分かるわい」

この爺様《じいさま》、迫力が半端ないって。何故《なぜ》かオレの周囲をぐるりと回り出す。値踏みされてる？

キャラ作成は自動で外見はランダムのままだったような覚えがある。少しは受けがいいように弄っておいた方が良かったんだろうか。

「中肉中背。黒髪黒目。いかにも普通の外観。冒険者にしては装備が貧弱じゃが一応召喚は出来る、か」

「はあ」

「まあええ。ギルドからの紹介でもあるし、暫くの間は面倒を見てやろう。但し」

爺様はオレの前に戻ると大仰な間をとって振り向いた。

「この召喚術師オレニューの教えを乞うのじゃ。それなりに覚悟はあるかの？」

《イベント『召喚術師への弟子入り』が成立しました。イベントを進めますか？》

インフォが脳内に流れたのはその時だった。同時に目の前に小さな仮想ウィンドウが現れていた。《はい》そして《いいえ》の二つの選択肢だ。答えは決まっている。

「若輩者ではありますが宜《よろ》しくお願いします」

「うむ」

自動的に《はい》を選択したことになったようだ。

《はい》の画面が強調されるように点滅し《いいえ》の選択肢は消えてしまう。

《イベント『召喚術師への弟子入り』を開始します》

「宜しい。ではワシのほうから最初に伝えねばならん事がある」

「はい、なんでしょう？」

「まずはワシの仕事を手伝ってくれるかの。冒険者ギルドの依頼でレムトの町に魔法薬を納めておるのでな、その作製じゃ」

「はい」

「急に昨日ワシの所に依頼があってな、なんでもポーション類が足りなくなっておるようじゃな」

ああ、オレみたいな駆け出し冒険者が大量に発生、それぞれが買い込んでるからか。この爺様、ポーション作製もしてるのか？　オレをここに寄《よ》越《こ》したのも実態は手伝いとして派遣という事なのだろう。

謀られた、とは思わないがギルドも結構やる事が汚いな。


家の中は小さいとはいえ、住むには最低限のものは揃っているようだ。それにしても物が少ない。調度類も最低限のものだけを厳選しているような感じがする。

本当にこんな所でポーション作製の作業をしてるのかな？　錬金術に関わるようなアイテムは何も見当たらない。


「まずは採取からじゃな」

そう言うと部屋の真ん中で爺様が何かを呟いた。床の一部が下へと沈んでいく。そこには地下へと続く螺旋《らせん》階段が出来上がっていた。わお。

「ポーションを作るのに必要な薬草はそこそこあったんじゃがもう手持ち分が少ない。一緒に薬草採取に行くぞい」

階段を降りていく爺様の後を付いて行く。

ヴォルフも興味深そうな様子でオレと共に付いてきてます。


螺旋階段を降りた先には広い空間があった。いや、下へと続く深く丸い穴だ。

良く見ると螺旋階段はずっと穴の壁に沿って下へと続いている。明かりはあるものの一番下の方は暗くて見えない。

どれだけ深いのか？　まさか一番下まで歩いて降りるなんてないよね？

そんな心配はなかった。三十段ほど降りたあたりで穴を一周するように踊り場があり、いくつかの扉がある。そのうちの一つに爺様は入って行く。オレとヴォルフがそれに続いて入ったら、そこは倉庫のような場所だった。

「これも必要じゃな」

倉庫の中にある唯一の机の上には様々な物が置かれていった。

麻袋がいくつか、スコップ、軍手らしき手袋、幅広の革ベルト、それにポーチだ。

「お前さんの分じゃ。こいつの使い方は分かるかの？」

そう言うとポーチを指し示した。

「いいえ」

「《アイテム・ボックス》じゃよ。薬草採取には必要になるじゃろうからの。お前さんに貸しておく」

　そう言うとベルトとポーチをオレに押し付けてくる。ベルトをポーチの裏側に通して腰に装着した。

「そう。身に着けるだけでええ。最初は大して入らんじゃろうからお前さんの背負袋も使うことじゃな」

　試しにポーチに麻袋を入れていく。四つ入れた所でもう入らなくなった。

「麻袋四つでもう入らなくなっちゃいました」

「むう。冒険者駆け出しでは無理もないじゃろ」

　仕方がないので、残りの麻袋二つとスコップと軍手は背負袋に入れる。

　は、入りきらない。既にドロップアイテムも入ってるからなあ。

「背負袋にも入りきらないです」

「ん？　荷物が既に入っておったか？」

「はい」

「ではその中身はこれに入れておけ」

　そう言って渡されたのは鞄《かばん》だった。

「こいつはワシの《アイテム・ボックス》の予備じゃよ。中身はこっちに移してここに置いておくとええじゃろ」

　開いた鞄に背負袋の中身を置いていくと、魔法のように消えていく。手品みたいだ。

　背負袋に改めて麻袋二つとスコップと軍手を入れる。

「では行こうかのう」

爺様に促されて外へ。随分と急《せ》かされているような気分です。

「サモン・モンスター！」

爺様が召喚したのは？　鳥、だよな？

石塁に囲まれた敷地は家の大きさには不釣合いなほど広いのだが、その敷地が狭く見える巨大な存在がそこにいた。念のため【識別】してみよう。

ロック鳥　？？？

？？？　？？？

正直、おっかない。

ヴォルフも怯えた様子を見せている。

「これって」

「採取場所が遠いのでな。こ奴に乗って行くんじゃ」

召喚モンスターを乗り物にしちゃっていいんですね。しかもロック鳥とか無駄に豪華な気がする。

この爺様、かなりの実力者なのは間違いないのだろうが、どれほどのものなんだろうか。駆け出しのオレには計り知れない。

師匠、と呼ばせて下さい。

その師匠がよたよたとしながらもロック鳥の背中へとよじ登って行く。オレとヴォルフもそれに続く。

「では行こうかの」

楽に移動出来そうかな？

だが。

すぐに後悔する羽目になりました。

寒い。

下半身はロック鳥の背中の羽に埋もれているのでいいのだが、上半身がいけない。これでは無理だ！　羽の中に出来るだけ体を沈めていく。

それでも寒くて歯の根が合わない。何か手段はないのか？

「この寒さはお前さんにはキツイか。高度を落とすからしばし待て」

ありがたい話だがこれはたまらん。どうにかならないものか。

ヘルプを使って『寒さ』『スキル』で検索する。

**【補助スキル】**
耐寒　未取得　取得可能　必要ボーナスポイント2
寒さに対する抵抗力を向上させる補助スキル。
Lv向上に従い寒さによるペナルティを大きく軽減できる。

《現在のボーナスポイント残は二十一です。取得しますか?》

《はい》《いいえ》

なんかボーナスポイントの無駄遣いになるかもだが、もう我慢ならない。取得を選ぶ。

《有効化しますか?》

インフォは意思確認する親切設計なのかもしれないが、今は逼迫《ひっぱく》してるんですよ。

即決で《はい》を選択する。

少し経過するとかなり楽になった。ロック鳥が高度を下げて飛んでくれたおかげかもしれないけど。

「ありがとうございます。相当楽になりました」

「気が利かずにすまぬの」

「いえ、色々と教えて頂く立場ですし」

「おお、そう言えば色々と教えてやらねばならぬか」

師匠は考え込む様子だ。

「一緒に冒険する仲間はおらぬ、という事で良いのかの?」

「はい」

「あとは召喚するモンスターが仲間、であると」

「はい」

「では戦う際には召喚モンスターを前衛にして、お主は後衛から援護する形を想定しておるのかな?」

えっと。

少し自分のイメージと違ってる。

「最初はそれでいいかとも思いましたが今は違います」

「ほう」

「共に肩を並べて戦いたいと思うのです」

暫く沈黙が漂っていた。師匠の顔はやや渋い様子である。

「戦闘はそれで良しとしてもじゃ。冒険とは戦う事のみではないぞ?」

それはそうだ。

戦闘はまだいい。パーティを組めば各々が役割分担すれば済む事もオレ一人でこなさねばならない。ある程度はアイテムにより頼ることにもなりそうだ。

「他のことも一通りお主自身がやれるように、というのは理想でしかないんじゃが」

「ある程度は覚悟の上です」

「ふむ」

それからは正直に自分の得意とする事を説明していった。まあ取得しているスキルについてノン《N》・プレイヤー《P》・キャラクター《C》にそれらしく説明するように、であるが。

そしていくつかのアドバイスを受ける事が出来た。簡単に纏めると?

まずは武器。

杖やロッドで殴打するのはいいとして、やはりもう一つは使えるようにしたほうが良いとの事だ。武器を魔物に弾《はじ》き飛《と》ばされたりする事もあるし、戦闘中に壊れる事も考慮すべきであるらしい。

次に魔法。

風魔法だけに特化するのは得策ではない。最優先は光か闇のいずれか一つ、次に火・土・水から少なくとも一つとるべきである。迷宮内部に潜ることや夜間にも活動するなら光魔法か闇魔法はあったほうが良い。

また風魔法も耐性持ちを相手にする事もあるので他属性でカバーすべきであるそうです。


次に生産系技能。

冒険で得る糧だけで稼げるとは限らない。何かしら稼ぐ手段を他に持つべきである。サモナーは錬金術が必須であるからこれを活《い》かしていけば良い。


次に補助系技能。

補助スキルには武技や呪文といったものが無いが、地味に効く。必要に応じて取得すれば良いが、この先でやりたい事を明確にして選択すべし。


ついでにサモナーも魔術師である以上、冒険者といえども知識の探求はしておくべき。


最後に注意点。

自分の先のあるべきスタイルを想像する事。考える事を止《や》めてはいけない。

そんな所でした。


「そろそろ着くじゃろ」

そこまでアドバイスを貰った所で採取場所にも近くなったようだ。

スキル取得はどうするか。あまり選択肢に迷わない魔法スキルはさっさと取得することにした。

光魔法と土魔法を取得しておく。

消費するボーナスポイントは光が3、土が2だ。これでボーナスポイントの残りは十四。

闇が3、火と水はそれぞれ2だから全部取得が可能だが今はスルーで。
それに違和感があるのは武器スキルだ。必要とするボーナスポイントの数値が妙に高いのだ。ざっとこんな感じになる。

打撃(2)
蹴り(2)
両手槍(5)
棍棒(5)
槌(7)
小剣(6)
剣(8)
手斧(6)
小刀(6)
刀(8)
弓(9)
刺突剣(8)
フレイル(8)

比較的低いのは打撃と蹴りで、他は総じて魔法スキルに比べて高い。両手槍も棍棒も必要なボーナスポイントは他に比べて低めに見えるが、プレイするイメージが湧かない。

打撃、ついでに蹴りを取得しておくか。最悪、武器をファンブルして無くしてもある程度戦えることだろう。

打撃と蹴りを取得し有効化した時にはロック鳥は地上に降りる直前であった。

「この森の中に薬草の群生地があるんじゃよ」

降りた場所は高原のような場所だった。全ての方向を見回すと悉《ことごと》く山の風景だ。空気もそれなりに薄い。

そして目の前には山の陰側に茂った森がある。

「ポーションの原料となる薬草で一般的なのは傷塞草じゃが、どこの森でも採取出来る」

「そうなんですか？」

「うむ。ワシの住むあの森でも少ないが採取できるじゃろ」

森の中に師匠は分け入っていく。オレとヴォルフも続いた。

「この森の中は幾つかある群生地の一つでな。ワシの知るとっておきの場所じゃよ」

ロック鳥はオレ達を降ろすと山の方へと飛んでいった。巻き起こる風が顔に当たって痛い。

その森は比較的背が高い木々で構成されているようだ。倒木も多かったから歩くのも大変だったけど、師匠はまるで苦にしない。

手に持つのに適当な長さと太さの倒木の枝を拾ってみる。結構重たいぞ？

【素材アイテム】
サトウカエデの枝　原料　品質E　レア度2　重量2
サトウカエデの枝。木材としては比較的硬くて重い。

品質がEと低いのは目に見えて腐り始めているからだろう。何かに使うのはやめたほうがいいか。

それにサトウカエデという名前には覚えがある。確かメイプルシロップが採れるんじゃなかったっけ？

そこらに落ちている葉っぱは確かにカエデのようだ。カナダの国旗の意匠になってる形で見覚えがある。

師匠は木々の根元からある草をスコップで根こと採取していた。

「これが傷塞草じゃよ」

渡されたのは枝に沿ってソテツに似た尖った葉を持つ草だった。早速【鑑定】してみる。

**【素材アイテム】**

傷塞草　原料　品質C　レア度2　重量0+

薬草。一般的に体力回復に使われる。
そのまま食べても効力はあるが、敏捷性を阻害する副作用がある。

「一つだけ注意点がある。これじゃよ」

もう一つ草を渡された。姿形はさっきの傷塞草のようだが。

「葉の裏を見てみるがいい」

葉を裏返してみると、葉脈に紫色の筋が走っていた。これも【鑑定】してみる。

**【素材アイテム】**

苦悶草（くもんそう）　原料　品質C　レア度3　重量0+

毒草。致死性はないがそのまま食べると呼吸困難を引き起こす。
傷塞草と姿形が似ており間違わないよう注意が必要である。

おいおい！　迷惑な草だな！

「苦悶草じゃな。間違えて採取することもあるじゃろうが捨てずに分けておくようにな」

「分ける？」

「うむ。毒草ではあるが意外な使い道があるんじゃよ」

「え？」

「まあ適当に採取しておっても混じっているのは十に一つといった所じゃろうな」

「混ざると怖いですね」

オレの独白に師匠は答えずに呪文を唱え始めている。

「サモン・モンスター！」

地面に一瞬、魔方陣と魔法円が浮かび、消えていく。そこに現れたのは二体の召喚モンスターだ。

オートマトン　？？？
召喚モンスター　待機中

人間大の人形が二体。二体とも見分けがつかない。頭はあっても顔がないのだから見分けようがないのだ。

体格は細身の人間といった所で、その皮膚は木材のようにも金属のようにも見える濃い茶色。それに球体関節。両手の指先も器用に動かしているのがなんとなく気持ち悪い。スムースに動きすぎるのだ。

「では採取を始めようかの」

オレが麻袋に半分ほど傷塞草を集めた頃には、人形達はそれぞれが麻袋いっぱいに採取し終えていた。

この人形、凄いな！　両手をスコップみたいにしてザクザクと地面を掘り起こしてしまうのだ。

師匠はというとヴォルフを傍に座らせて作業をずっと見ていた。

うん、頑張りますとも！

ようやく麻袋をいっぱいにした頃、人形達は新たな麻袋を一杯にしていた。

「まあ、こんなものでいいじゃろ」

師匠がそう言うとインフォが脳内に響いた。

《これまでの行動経験で種族レベルがアップしました！　任意のステータス値に1ポイントを加算して下さい》

お楽しみのレベルアップだ！　ここは筋力値を上げておく事にしましょう。

| | |
|---|---|
| **基礎ステータス** | |
| 器用値 | 15 |
| 敏捷値 | 15 |
| 知力値 | 18 |
| 筋力値 | 14(→１) |
| 生命力 | 15 |
| 精神力 | 19 |

《ボーナスポイントに二ポイント加算されます。合計で十二ポイントになりました》
《取得が可能な防御スキルに【回避】が追加されます》
《取得が可能な補助スキルに【運搬】が追加されます》
《スキル取得選択画面に移行しますか？》
とりあえずスキル取得はパスしておこう。
《これまでの行動経験で鑑定レベルがアップしました！》
ついでに鑑定もレベル3になった。間違いがないように細かく【鑑定】しながら採取してたから当然とも言える。
《これまでの行動経験で【連携】がレベルアップしました！》
あれ？【連携】って補助スキルだよな？
どこで効いていたんだ？
「おおそうじゃ。お前さんの戦う所も見ておきたいのう」
「戦う所を、ですか？」
「どう助言していいものやら、分からんからの」
理にはかなっている、と思うが。
「いいかな？」
「はい」
否はない。
《アイテム・ボックス》に入れてあったロッドを取り出しておく。魔法スキルは先刻、取得してあるので確認してみたほうがいいだろう。
呪文リストを呼び出してみる。

サモン・モンスター（召喚魔法）
リターン・モンスター（召喚魔法）
フォース・バレット（共通攻撃魔法）
センス・マジック（共通知覚魔法）
フラッシュ・ライト（光魔法）
メンタルエンチャント・ライト（光魔法）
エアカレント・コントロール（風魔法）
フィジカルエンチャント・ウィンド（風魔法）
ダウジング（土魔法）
フィジカルエンチャント・アース（土魔法）

ついでに武技リストを呼び出してみる。

メディテート（杖）
直突き（打撃）
足払い（蹴り）

杖にも武技があったのか。打撃と蹴りの武技も基本的なものと言っていいのだろう。

「戦ってみるにしても相手は？」
「今から呼ぶぞ」

師匠が呪文を唱える。

「コール・モンスター！」

そんな呪文もあるのか。オレもいつか使えるんだろうか？

「おおそうじゃ。この子は使ってはならんぞ？」

え？　ヴォルフと一緒に戦うんじゃないの？

「安心せい、戦う相手の魔物は一匹だけじゃ。危なくなったらワシが止める」

良かった。少しだけだが安心した。

ヴォルフの頭に手を当て、待て、と話しかける。

ヴォルフは伏せの姿勢で待機の構えになった。

森の中から音がすると魔物が現れた。

猿にも人にも似た姿で毛むくじゃらだ。体格はオレよりやや小さい程度だが。一応【識別】で確認してみよう。

スノーエイプ　レベル４
魔物　討伐対象　アクティブ・誘導

うわ。

なんか強そう！

その猿のマーカーは赤であり魔物なのは間違いない。マーカーの上に小さなマーカーが重なっていて魔法がかかっている事を示していた。

状態が誘導、か。


猿はオレに目を向けると敵と見定めたらしい。腰を落としてこちらを睨《にら》んで来る。

オレは初心者のロッドを両手に持って構えた。杖術《じょうじゅつ》はやった事がない。だが祖父がやっているのを見た事はあった。

オレ自身は小さい頃に祖父から剣道を習っていた。最近まではアマチュアで総合格闘技をやっていた。擬似的にだが対人対戦は慣れている。その自信はあったんだが。

いきなり猿は飛び上がって襲い掛かってくる。

速い！

人間では有り得ない速度を前に攻撃する間はなかった。

避けられたのは偶然だろう。


「ゲヘッ」

奇声をあげて猿が嗤《わら》う。こっちを格下と確信した、馬鹿にしている余裕を感じさせる。

こいつめ！

ロッドを下段に構えて迎撃の姿勢をとる。続いて呪文リストを呼び出した。呪文を選択してすぐに実行、呪文は自動で唱えられて完成する。

「フィジカルエンチャント・ウィンド！」

この猿は速い。

その動きに少しでも追従出来なければ話にならない。

再び猿が飛び掛ってくる。

一度見ている攻撃だが避ける事に専念した。

今度は呪文の効果のせいか、一度見ているせいか、避けるのに問題はなかった。

だが猿の次の動きには不意を衝《つ》かれた。

石を投げてきたのだ！

同時に突進して来る。

石は避けたが猿の突進は避け切れなかった。

左肩に痛みが走る。

猿が噛み付いて来たのはかろうじて分かった。

掠っただけでこの威力か。

武技の足払いを選択して実行する。

だが、イメージしたのとは異なる動きで猿の足元を空振りしてしまった。

ダメだ！

隙を生んでしまった！

猿が目の前に迫る。

正面に向けロッドを突くが軽々と避けられてしまい、交錯した。

そのついでに右脚に痛みが走る。

猿は自分の優位を確信したようだった。

嬉しそうに奇声をあげながら襲って来る。

こっちも体をやや開いて反撃の構えを取る。

再び交錯。

今度はわざと攻撃せず、猿の攻撃直後を狙った。

猿の攻撃は空振りさせることが出来た。

多分偶然だろう。

交錯するタイミングでロッドを猿の後頭部に打ち込み、続いて膝蹴りを腹に入れてやった。

地面に転んだ猿は素早くオレの脚に噛み付きに来る。

低空タックルだな。

さすがに速い！

ロッドを下方向へと突く。

背中に命中するが猿は構わず突進して来る。

だが僅かに攻撃できる隙が生まれていた。

オレが放った蹴りは猿の側頭部を直撃する。

猿が地面を転がって行き、一旦距離を置いた。


ああ、肩が痛いな。

ＨＰバーは二割以上削られていた。

そして猿はといえば一割も減ってるように見えない。

かなり効果的に攻撃は当たっていると思うのだが、武器も初心者のロッドだしオレはサモナーだ。

前衛ではない悲しさ故だろうか？

再び呪文を選択してすぐに実行する。

猿もこっちに突進して来た。

「フィジカルエンチャント・アース！」

今度は低空タックルではなく飛び上がって来た。

下段に構えていたロッドを上に跳ね上げる。

空中にいたのでは避けようがあるまい。

杖先は確実に猿の腹を直撃したが、猿は構わずオレの頭上に襲い掛かってくる。

いかん！

体を半身に捻《ひね》って攻撃を捌《さば》く。

猿はその手にオレのロッドを握ったままだった。

振り回そうとする猿とオレとで力比べになった

が、オレの方が明らかに不利。

体重も体格もオレが上だろう。

だが獣のパワーはさすがに侮れない。

次の呪文を選択して撃てるまで、力比べに付き合う。

呪文が完成したと同時に手を離し、至近距離から猿の顔に呪文を放った。

「フォース・バレット！」

ロッドを奪って得意気になっているのと引き換えに呪文を喰らって貰おうか。

ダメージは期待していない。

隙が生まれてくれるかどうか、だ！

猿は呪文の衝撃で顔を背けてしまい、こっちを見ていない。

チャンス到来！

猿の右脇に右手を差し込む。

左手で猿の右手首を摑んで一気に捻り上げる。

そのまま猿の背面をとるように回り込んだ。

猿も反応する。

速い！

オレは前転する形で地面に転がる。

オレの右脚が猿の脚に絡みつきながら、猿と共に地面に倒れ伏す。

まだオレは猿の背後をキープしていた。

猿の右手を捻り上げつつ左手で首元を絞めに行く。

オレの左手がオレの右腕を摑む。

ロック完了。

あとは絞め上げる事ができれば勝機はある。
ここまでは良かった。
猿の膂力《りょりょく》はオレの想像以上に強い！
完全にロックしてあるのに外れかけていた。
唯一、猿は自由な左手でオレを攻撃しようとする。
全身を使って暴れまくっていた。
オレは両足で猿の胴体を抱え込む。
背筋を使って絞め上げる。
猿もそれに抵抗した。
抵抗すればする程、オレの腕が喉に食い込んでいく。
苦しい筈だが止めようとしない。
おかげで腕のロックが外れそうになる。
力を込める。
他に手段はない。
戦況はオレに圧倒的に優位だが、逆転を許しかねない！
戦況は膠着《こうちゃく》した。
いや、オレに不利かも知れない。
猿のＨＰバーは二割も減っていないのだ。
その膂力も落ちていない。
オレにはもう手持ちの攻撃手段は無いのだった。
いや、何か他にあるかも知れない。
武技は無理だろうが、呪文は使えるかも知れない。
オレの右掌《てのひら》は猿の後頭部を摑んだ形になっている。
いけるかもしれない。
呪文を選択するとオレの唇が自動で呪文を唱えていく。

「フォース・バレット！」

後頭部に直接叩き込んだ途端、猿の体が跳ねるように反応した。

猿の体が硬直している。

両腕のロックをより強力に深い位置へと組み直した。

いけるか？

もう一回呪文を叩き込もうとするが、呪文の途中で大いに暴れまくって呪文は完成しなかった。

二度はやらせないつもりか。

猿のＨＰバーは三割も減ってない。

これを続けるのはかなりしんどい。

いや、オレのＭＰが先に枯渇するだろう。

オレのＭＰバーは半分を切っている。

他に、他に何か手段はないのか。

スキルだ。

スキルを取得して強化はできないだろうか？

猿が暴れるのに抵抗しながら取得可能なスキルリストを確認していく。

武器スキル。

ダメだ！

防御、魔法、生産、これらも当然ダメ。

補助。

ここが望みの綱だ。

目に付いた補助スキルは【摑み】です。

必要なボーナスポイントは1だ。

補助スキルの【摑み】を取得してすぐさま有効化した。

どうだ？

僅かに感触が良くなった、気がする。

左手で摑む感触はよりしっかりしたものになった。

右手で猿の頭を少し押し込む。

猿は嫌がるように頭を振り始めたが、そんな事をすればダメージを増やすだけだ。

願ったり叶《かな》ったりです。

だが油断はならない。

そのまま猿を絞め上げ続けた。


事態は膠着したままだが先は見えていた。

背筋を使って絞め上げると猿は苦しげな奇声を上げる様になっていた。

猿のＨＰバーは半分を切っている。

戦い始めてどれほど時間が経過した事だろう？

猿の抵抗が弱まった所で腕のロックをより深くすると、さらに背筋を使って絞め上げていった。

掠れた叫び声が耳について離れない時間が暫く続いて行く。


猿は最後の抵抗として自由な左手でオレの脚を叩いたり左手を掻《か》き毟《むし》ったりする。

途中、猿の攻撃が妙に痛くなった。

フィジカルエンチャントの効果が切れていたようだ。

防御力アップの呪文であるフィジカルエンチャント・アースを掛け直す。

そしてまた絞め上げる。

フィジカルエンチャント・アースは更にもう一回使う事になった。

確かフィジカルエンチャント・ウィンドの有効時間は十五分とかだったような。

猿の息の根が止まるのにかなりの時間が費やされたようだ。


《只今の戦闘勝利で【風魔法】がレベルアップし

ました！》

《取得が可能な武器スキルに【関節技】が追加されます》

　まさにギリギリの勝利だった。オレのＨＰバーは三割を割り込んでいる。ＭＰバーは枯渇こそしていないものの、かなり危ない。オレの服はボロボロに汚れてしまっている。

「まさか勝ってしまうとはのう」

　ずっと無言で見ていた師匠の声には驚きが込められているように感じる。気のせいでなければ、だが。

「それはともかく回復はしておこうかの。アドバイスは帰ってからじゃな」

　そういうと呪文を紡ぎ出す。

「アース・ヒール！」

　オレのＨＰバーは一瞬で全快にまで戻っていった。痛みも徐々に消えていく。

　回復魔法一発で全快しちゃうとかどうなのよ？　師匠が凄いのか、オレが弱過ぎなのか。

　それはさておいて、だ。

　倒した猿に剥ぎ取りナイフを突き立ててアイテム回収もしておこう。

　ドロップも中々のレア度だった。

　気分がいいな、これは。まあそうでなければ割りに合わない戦いだった訳だが。

「いいかな？　では戻ろうかの」

　採取作業をしていた二体のオートマトンが送還されていく。すぐさま上空からロック鳥が舞い降りてきた。何故か脚に大きなトカゲみたいなものを掴んでいるようだ。

目を凝らすと思わず【識別】していた。

スノーワイバーン　？？？
魔物　討伐対象　死体

なんか怖っ！

しかも両脚に一匹ずつ死体を掴んでるし。ロック鳥、強いな！

「おお、中々の獲物じゃの」

師匠はそう言うと剝ぎ取りナイフを突き立ててアイテムを回収していく。何やら鱗《うろこ》付きの皮と牙と針を回収したように見える。【鑑定】は出来なかったが何かいい代物であるようです。

スノーエイプを倒した位でいい気になってました、ゴメンナサイ。


帰路も寒かった。【耐寒】があるから随分と楽になっている筈なのにまだ寒い。

その移動の時間はスキル、武技、呪文のヘルプを見て過ごした。今日の猿との戦いを通じて色々と示唆された、と思う。

一人で冒険をする、というのは戦闘だけでも大変な事になるのだと思い知らされていた。

選択肢が僅かに残っていたから倒せたが、もし恐慌状態に陥っていたとしたら？　間違いなく死に戻りしていた事だろう。やはり最低限は知っておくべき事もあるのだった。

ヴォルフの頭を撫でながらヘルプ画面に目を通しておく事にした。

「着いたぞい」

「はい」

ロック鳥も到着したら送還され消えてしまった。

家の地下に入るとまた別の部屋に師匠は入って行く。

ここは恐らくは作業場なのだろう。

実に広い部屋だった。天井も高い。鍋やガラス製の器具らしき物など、雑多な器具で室内は溢れていた。釜や炉まである。

地下なのにどうやって排気してるんだろう？

「この机の上に麻袋を置いてくれ。終わったら食事にしようかの」

「はい」

作業台の上に薬草の入った麻袋を並べていく。

採取した薬草はかなりの量になったが《アイテム・ボックス》のおかげで運搬は楽に済んだ。

「ポーション作製は？」

「昼飯が先じゃよ」

確かに腹が減っている気がする。正午は過ぎている頃か。

このアナザーリンク・サーガ・オンラインはリアルタイムで時間経過を管理しているらしい。ただし現実とは昼夜逆転になる。リアル世界では深夜過ぎだが、オレには問題が無い。

廃人プレイも歓迎だ。

「普段は上の部屋で食事はするんじゃがここの作業場でもええかな？」

「大丈夫です」

そう返答すると師匠が両手を叩く。

暫くすると扉を開けて一体の人形が入って来た。

メタルスキン　？？？
召喚モンスター　？？？

外形はオートマトンに似てるが、一回り小さい。

表面は何も装飾がなく金属光沢で輝いている。

どうやら食事を用意してきてくれたらしい。オレの分もあった。師匠も同じメニューだが量はオレの半分といった所だ。

ヴォルフが興味深げに見上げて頻繁に匂いを嗅いでいる。メニューはパンに野菜スープに焼いた魚に果物だ。果物を手に持ち【鑑定】してみると普通の梨か。

「では食事しながら話でもしようかな」

「はい」

料理の味は中々のものでパンは意外にも焼き立てだ。食事を摂りながらも聞き役に徹し、出来るだけ師匠から視線を外さない。脱線もしたが師匠の一番言いたい事は分かった。


無茶。


どうやら師匠はオレに一人で冒険する愚を実地で教え込む事を企図していたようだ。

分かる気がする。でもだからこそやり遂げたい気持ちが湧いてくるのが不思議だ。

「いや、もちろん孤高のまま過ごしたいと思ってる訳じゃないんですが」

「ではどうする？」

「困っている人を手助けしながらゆっくりと冒険を進めてみたい。今はそう思います」

オレの答えは師匠の意表を突いたようだった。

「今でこそ一人じゃがワシも若い頃は仲間と共に冒険をしたがのう。一人というのはなかったぞ？」

そうでしょうね。師匠程の強さがあれば問題ないでしょうけどね。

「良いかな？　召喚モンスターの多くが物理攻撃を主とするものじゃよ。お主は後衛に回る方が良い」

「もう決めた事ですし」

「頑固じゃの」

師匠もなんか呆れた顔をわざとらしく作っている。本音は違うんだろうか？

「ならばじゃ、せめて戦い方は回避するなり受けるなり、身を守る事にも力を入れる事じゃな」

「はい」

その点はいずれ解消したい点です。

「あとは装備を考える事じゃ。それに戦いだけならば召喚モンスターは良い助けになるじゃろ」

師匠はヴォルフに視点を移した。召喚モンスターを頼れ、という事だろう。

「そう言えば、駆け出しといえど複数の召喚モンスターを使い分ける工夫は必要じゃぞ？」

そこなのである。

召喚魔法はレベルアップに従い召喚できるモンスターの数や種類が増えていく。

召喚出来る数は召喚魔法のレベルの数字までとなる。

オレの場合、現在【召喚魔法】はレベル2であるから、二匹までだ。

但し、同時に召喚できるのはまだ一匹だけ。新たに召喚するにはヴォルフをリターン・モンスターで帰還させないといけない。

そしてオレのMPには余裕が無い。新たな召喚モンスターを何にするかは次にログインした時点で決めるつもりです。

「まだ次に何を召喚するか、悩む段階にないんですけど」

「いずれ悩むようになるじゃろ、しかも確実にじゃ」

そうですか。そうなりたいものです。

「片付けはこのメタルスキンに任せておくといい。お主には今からワシの手伝いをして貰おうかの」

「はい」

ポーション作製か。

正直、興味がある。だが師匠が用意したのは大きめの鍋、恐らくは銅製。

もう一つ小さめの鍋も用意する。麻袋に入れてあった薬草の傷塞草を五本取り出し机の上に置いた。

そして呪文を唱え始める。

「リキッド・ウォーター！」

鍋の中に師匠の左掌から水が流れ落ちていく。

それは鍋の半ばほどを満たしたようだ。

師匠は続いて薬草五本を左手に持つと、何かに集中するかのように目を閉じる。

「短縮再現！」

掌に載せた薬草がボロボロと崩れていく。

それを小さめの鍋に移していった。

「よし、中身はもう出来た」

え？

そんな簡単に出来ちゃうの？

師匠は自分の《アイテム・ボックス》から空のガラス瓶をいくつも取り出して並べて行く。

「これ、何をしておる。中身を入れるのを手伝ってくれんかな」

師匠は両手に漏斗とお玉杓子《たまじやくし》を二つずつ持っていた。

なんか狐《きつね》か狸《たぬき》にでも化かされている気がするんですけど？


オレの師匠は召喚術師、サモナーの筈だ。

【識別】で見てもそれは確実である。

オレニュー　？？？
サモナー　作業中

さっきまで【識別】出来なかったのに僅かだが情報が読み取れた。師匠は間違いなく、サモナーであるらしい。副業でポーション作製をしているんでしょうか、師匠！

それにしても凄い量のポーションがあっという間に出来上がって行く。薬草である傷塞草一本につきポーション二本、鍋にして一回あたり十本のポーションが出来上がっている。

一ロットで十本、鍋にして二十回分、都合二百本のポーションが机上にある。

薬草にして百本分、麻袋二つ分が消えてしまっていた。

液体を瓶に詰める作業のほうが手間がかかって

ますが何か？

町でポーションの売値が三十ディネだったから、六千ディネ分のポーションが目の前にあるって事になる。

本当にポーションだよね？

**【回復アイテム】**
ポーション　HP+8% 回復　品質C　レア度1　重量1
一般的なポーション。僅かにだがHPが回復する。
飲むとやや苦みが舌先に残ってしまう。
※連続使用不可。クーリングタイムは概ね10分。

間違いない。【鑑定】で見ても確かにポーションだ。

「まさに魔法ですね」

「うん？　そうでもないがの」

師匠は薬草の残骸を入れた鍋で何か作業をしていた。一体何を？　再び何かに集中するかのように目を閉じる。

「短縮再現！」

すると今度は鍋の中に丸くて緑色の物体がいくつも転がっていた。数えてみると二十個ある。

**【回復アイテム】**

回復丸　継続回復[微]　品質C　レア度3　重量0+

飲めば継続的にHP を回復する丸薬。継続時間は概ね10分。
呪文のリジェネレートと同様の効果となる。
※連続使用不可。クーリングタイムは概ね1時間。

おお、これは便利そうだ。確かレムトの町でも売っていたけど高くて手が出なかった奴です。

「興味がありそうじゃな？」

もちろんだ。思わず頷《うなず》いていた。

「ワシのやり方は邪道じゃよ。だが今は冒険者ギルドも邪道であっても頼らざるを得ないと見える」

ん？　どういう事だろう。

「薬師が廃業しかねないからの」

ああ、そうか。

薬師が苦労して作製するポーションがこんなに簡単に作れるとなると確かに問題だ。一気に値崩れしてしまう事だろう。デフレって怖いよね。

「【錬金術】はお主も持っておるじゃろ。短縮再現は【錬金術】のメイキング技能の一つじゃよ」

「短縮再現ってさっき使ってた奴ですね？」

「うむ。材料さえあれば作業工程を全て省いて結果を即座にもたらす技能じゃな」

メイキング技能？

ヘルプで検索してみると、生産職にとっては武技や呪文に相当するもののようだ。

そんな便利なのがあるのか。後で錬金術のヘルプは読み込んでおこう。

「だがちゃんと条件もある。必ず一度は自分自身の手で作業しておらんと使えんのじゃ」

「なるほど」

理に適《かな》ってはいるな。

「では最初から、基本通りに作ってみるんじゃな」

「え？　私が、ですか？」

「当たり前じゃ。お主は既にワシの弟子なんじゃからの」

どうやら師匠はスパルタ気質らしい。息が抜けそうもないな。そして答えは決まっていた。

「やります。やらせて下さい」

しかしその手順はどんなものであるのか？　それはこれから学ぶ事になるのだろう。

ポーション作製の手順は実に簡単なものだった。

傷塞草を乳鉢で擂《す》り潰《つぶ》す。

水で溶いて成分を抽出する。

固形物を濾紙《ろし》で漉《こ》し取る。

抽出液を熱して五分ほど沸騰させる。

常温に冷ます。

液体をギルド指定の瓶に入れる。

鍋を熱するのには簡単な火鉢を使って炭に火を熾《おこ》した。素材の草の量と水の量は指定された配合でやればいいだけなのだが。

最初の試作は何故か失敗している。

どうやら薬効成分が足りなかったようだ。最初から大鍋でやらなくて良かった。

「擂り方がいかんな」

師匠がバッサリと切り捨てた。

ちなみに水は師匠が水魔法で作製したものを使っている。出来るだけ純水に近いほど良いらしい。

二回目にチャレンジする。

今度はちゃんとポーションが出来たようだ。二本のポーション瓶が目の前に並ぶ。

**【回復アイテム】**
ポーション　HP+6% 回復　品質D+　レア度1　重量1
一般的なポーション。僅かにだがHPが回復する。
飲むとやや苦みが舌先に残ってしまう。
※連続使用不可。クーリングタイムは概ね15分。

品質が低い！　出来たはいいが性能的には物足りない。

「もう少し挑戦させて下さい」
「うむ」

師匠は師匠でポーション作製を進めている。しかもあっという間に幾つもです。
うん、早くああなりたいものだ。

六回目の試作でようやく品質C-のものが出来上がっていた。
そこで望んでいたインフォが来た。

《これまでの経験で取得が可能な生産スキルに【薬師】が追加されます》
必要なボーナスポイントは2だった。

否はない。早速取得して有効化する。
よし。再度挑戦してみよう。

【回復アイテム】

ポーション　HP+8% 回復　品質C　レア度1　重量1

一般的なポーション。僅かにだがHPが回復する。
飲むとやや苦みが舌先に残ってしまう。
※連続使用不可。クーリングタイムは概ね10分。

二本ともそこその品質で作製出来たようだ。

師匠に見せてみた。一応、二本とも合格らしい。

「ふむ、普通に使えそうじゃな」

「どうでしょうか？」

次は【錬金術】に挑戦してみるか。

師匠が使った短縮再現ができるのだろうか？

【錬金術】のメニューからメイキング技能を選択、すると別枠で仮想ウィンドウが開いた。

錬金術関連、薬師関連と二択表示だ。

なんか今までと表示形態が違っている。目を凝らすと更に新しい仮想ウィンドウが開いた。

リストが表示されるんだが、なんか長い。

練成　物質を全く異なる物質へと変性すること。
物理常識は無視される。
合成　物質を化学反応に従って異なる物資に変質させること。物理常識に従う。
抽出　混合物である物体から特定の物質のみを取り出すこと。
希釈　水溶液濃度を溶媒で薄める。
濃縮　水溶液濃度を高める。
破砕　物体を粉々にする。
濾過《ろか》　液体中の固体を濾し取る。
分析　物質の持つ効能・特性を見極める。
酸化　酸化反応を起こす。
還元　還元反応を起こす。
恒温　物体温度を一定に保つ。
恒湿　気体湿度を操作して一定に保つ。
液化　気体を液体に凝縮させる。
気化　液体を気体に蒸発させる。
固体化　液体を固体に凝固させる。

溶融化　固体を液体に融解させる。
昇華　固体から気体へと一気に変化させる。
反復　一定の工程を繰り返す。
反応促進　反応速度を加速する。
作業記憶　一連の工程を記憶する。一度自分自身の手で全工程を実施する必要がある。
短縮再現　作業記憶した工程を再現する。

なんだってこんなに長いんだよって話だが。簡単な説明が付記されているのがせめてもの救いだ。
ヘルプで『メイキング技能』『新規』で調べてみる。
すると生産系スキルのメイキング技能は、スキル取得したら全部習得してる事になるらしい。但し生産物の出来栄えは完全にスキルレベルに依存するようだ。それに作業工程で自動的に効いている技能もあるそうです。

まあ試してみたら分かる、よな？
作業記憶を選択する。

《最新のポーション作製作業を記憶できます》
《はい》《いいえ》
当然《はい》を選択する。
次に短縮再現を選択。リストにはポーション作製作業だけがある。
材料となる水と傷塞草を手に持って準備した。選択して実行してみよう。
短縮再現、と小さな声で呟いた。
すると掌に載せた薬草がボロボロと崩れた。鍋の中にはポーションの液体が残っている筈だ。

「ほほう」
師匠が面白そうな声で興味深くオレの作業を見

ていた。

瓶に注いで二本完成である。出来栄えはどうだ？

**【回復アイテム】**

ポーション　HP+7% 回復　品質C-　レア度1　重量1

一般的なポーション。僅かにだがHPが回復する。
飲むとやや苦みが舌先に残ってしまう。
※連続使用不可。クーリングタイムは概ね12分。

二本とも微妙に劣化しているようだ。

それにオレのＭＰバーは七割程度まで回復していたのが四割近くにまで減っている。

「駆け出しにしては筋が良い方じゃろ」

「はあ」

正直、出来については意気消沈なんですが。

「ま、お主が自分で作製したポーションじゃがな、出来のいい分はお前さんからギルドに納品してもええじゃろ」

そう言うと品質Ｃのポーションを示す。

つまりは品質C-以下のポーションは納品不可って事だ。

「納品します。ではこっちは？」

ダメ出しされた方のポーションに視線を移す。

「お主が使うなりするとええじゃろ」

うん、ちょっとだけラッキーかもしれない。

「瓶はちゃんと返すように、な」

しっかり釘《くぎ》は刺されました。

そこからは錬金術は使わずにポーションを作製していく。

但し数量は増やしてみた。

師匠は薬草五本を使ってポーション十本作製を一ロットでやっている。

さっきまでオレは薬草一本でポーション二本を一ロットでやっていた。

オレは一気に師匠の域までやれる自信はない。

そこで倍の薬草二本にしてみました。出来上がったポーション四本の品質はいずれもC。問題無さそうだ。

さらにもう一回。今度は四本中にC-が一本交じっていた。

さらに繰り返す。次は四本とも品質Cだ。好調好調。錬金術のメイキング技能リストから作業記憶を選択して、今の作業工程を保存しておく。

次は回復丸だ。

師匠の作製している所を見ていたから、ポーション二十本分の傷塞草（抽出済）で二つが作れる勘定だ。

「おお、そっちもやっておいて損はないのう」

師匠に教わった基本的な作り方は以下のようなものだった。

傷塞草（抽出済）に同量の小麦粉（薄力粉）と少量のオリーブオイルを混ぜる。

少しずつ水を加えながら火に掛けて炒《いた》める。

滑らかになった状態で3分以上炒め続ける。

粘り気が生じ、指で押しても付かない程度に水気がなくなったら火を止めて冷ます。

丸薬状態に成形する。

まるで料理だ。

実際に作ってみると草の持つ独特の匂いが鼻についたが、我慢できる範囲である。狼であるヴォルフにはちょっと匂いがきつかったようで、作業台の机からは一定の距離を置いていた。

済まぬ。

済まぬ。

すぐに終わらせるからな。

**【回復アイテム】**
回復丸　継続回復[微]　品質C　レア度3　重量0+
飲めば継続的にHPを回復する丸薬。継続時間は概ね10分。
呪文のリジェネレートと同様の効果となる。
※連続使用不可。クーリングタイムは概ね1時間。

一発で品質Cが出来上がった。まあ失敗が少なそうな作り方だったから当然なのかも知れない。

「傷塞草の成分で副作用を生むものは熱を加えることで無くなっていくのじゃよ」

「はい」

「だが熱を加え続けると肝心の体力回復効果も低下してしまうのでな、程々を見定めるのがコツなんじゃよ」

成程ね。でも質問したい事が出来た。

「【錬金術】なりで成分を分離できないものでしょうか?」

「確かに抽出が出来ればいいのじゃがな。あれは対象成分の正体を見極めきらねば使えんのじゃ」

そうなのか。【錬金術】もそこまで万能ではないってことなのか。

その師匠はと言えば、オレの相手もしながら瓶を机上に大量に並べている。

そしてそれだけの数のポーションが師匠の《アイテム・ボックス》に一瞬に消えてしまう。いや本当に無限に収納できるんじゃないの？　回復丸も同様に消えて行く。

「ワシの方は明日にでも冒険者ギルドに納品に行くが、お主はどうする？」

「自分で納品します」

「では明日の朝一緒に行くとしようかの」

今日のポーション作製作業はこんな所か。師匠と手分けして作業場を片付けてから地下を出た。


本日の成果をまとめるとこんな感じだ。

ポーション　品質C　十五個（冒険者ギルド納品はオッケー）
ポーション　品質C-　四個
ポーション　品質D+　九個
回復丸　品質C　二個

背負袋に入れても余裕がある。ただ数が数だけに重たくて背負うとズシリと肩に食い込んだ。だがそれも苦になるまい。

低品質とはいえ自由に使えるポーションが確保出来ているのは安心感がある。それに道具さえあればいつでも作れそうだし。

いや。

何から何まで師匠に頼るようでは、いつでも作れるとは言えない。道具の鍋やら瓶やらはともかく、水は自分でも調達出来るようにした方がいい。

水魔法をボーナスポイント2を支払い取得し、有効化した。呪文リストを呼び出してみる。

サモン・モンスター（召喚魔法）
リターン・モンスター（召喚魔法）
フォース・バレット（共通攻撃魔法）
センス・マジック（共通知覚魔法）
フラッシュ・ライト（光魔法）
メンタルエンチャント・ライト（光魔法）
エアカレント・コントロール（風魔法）
フィジカルエンチャント・ウィンド（風魔法）
ダウジング（土魔法）
フィジカルエンチャント・アース（土魔法）
リキッド・ウォーター（水魔法）
フィジカルエンチャント・アクア（水魔法）

リキッド・ウォーターはちゃんとあった。思惑通り。町に行ったら鍋を買おう。

後は濾紙、無ければ茶濾《ちゃこ》しみたいな奴を探そうかね。瓶は使い終わったものを再利用したらいいし。冒険先でもポーション作製が出来ればかなり大きな助けになるだろう。


「では明日の朝、早めにまた来ます」

「ん？　なんじゃ、泊まる所はあるのか？」

「町の宿を使うつもりです」

「阿呆《あほう》めが」

あれ、師匠ってば怒ってます？

「この家に泊まれ。内弟子じゃな」

《老サモナー宅をプレイヤー・キースさんの中継ポータルに設定しました！》

え？　いきなりインフォ、しかも選択肢無しですか？　まあ願ったり叶ったりなんですが。

「天井裏の部屋は好きに使っていいぞ。地下も三階層までは自由に出入りして宜しい」

「お世話になります」

「うむ。ワシはこれから地下の塔に籠《こ》もる。夕食まで自由にしとってええ」

「はい」

地下の塔？

ああ、確かにここって地上に建てた塔を地下に埋めたような構造ではある。納得した。

まずは拠点となる家の中を一通り確認しておこう。

地上部分の家は簡素ながらも最低限の設備は整っていた。トイレもちゃんとある。手桶《ておけ》に水が入っていてこれで流すのだろう。

台所もちゃんとあった。何気に立派？　天板を手で触って【鑑定】したら御影石《みかげいし》みたいだ。傷を付けたらヤバイな。包丁も刃が欠ける可能性もあるから粗雑な作業は厳禁だ。

寝床は天井裏になるようだ。フカフカと柔らかいベッドかと思ったが、乾燥した牧草に麻袋と毛布を敷いたものだった。

一応寝てみる。十分に使えそうである。いや、寝心地は柔らかくて気持ちいい。ヴォルフも簡易ベッドに登ってきた。

添い寝添い寝！

抱き枕抱き枕！

おっといけない。一応、借り物の《アイテム・

ボックス》と背負袋にドロップ品とポーション類を確認しながら分けて入れていく。

夕食時にはまだ早い。近場の森の中にでも狩りに行こう。

ＭＰバーは全快には程遠いが半分近くは残っている。ＨＰに関してはポーションがある分、心強いのも大きい。狩りはやっておこうか。


門番代わりであろうマギフクロウに手を上げて挨拶して門を出た。来た時と同様、門は自動で開閉する。これも謎だ。

ヴォルフも外に出るのがうれしそうに見えます。

では、早速狩りを始めよう。

《只今の戦闘勝利で召喚モンスター『ヴォルフ』がレベルアップしました！》
《任意のステータス値に1ポイントを加算して下さい》
森の中ではヴォルフが大活躍でした。主に傷塞草と苦悶草を見つける事で、だが。
薬草の匂いを覚えたヴォルフは、森の中に生えている場所を次々と見つけ出してくれた。見つけるとオレの袖を噛んで引っ張って知らせてくれる。実に有能だ。

群生地のように大量に採取出来る訳じゃない。それでも傷塞草はそこそこの量が取れていた。借りた麻袋に半分程になっている。

肝心の魔物だが、はぐれ馬を避けながら暴れギンケイ（メス）が一匹でいる所を狙ってます。

色々と試しながら、だ。

ロッドをメインにして戦いながら、足で蹴りを放つ。ただそれだけの動きを検証する。武技である足払いも使ってみたのだが、その動きは通常の攻撃と比べても十分以上に鋭い。

それなのに違和感。

武技の動きは呪文詠唱と同様自動扱いで、プレイヤーの意図した動きにならない。ヘルプで調べてみたら、詳細設定で変更が出来た。注意点として、ファンブル、即ち失敗の可能性が高まるみたいです。

その一方で効果が高まる可能性もあるようだが。でも自動扱いは外す事にする。感覚が気持ち悪い。何よりも感覚にズレがあるのは避けたい。

そしてもう一つ。

足で蹴った衝撃があまり感じられない点にも違和感があった。これも詳細設定で解決した。痛覚設定がデフォルトで90％カットになっていたのだ。プレイヤーにあまり痛い目に遭わせたくないのだろう。

これは痛覚カット無しに変更した。変更後は皮膚感覚が激変です。ロッドで攻撃した時の手応えも違って来た。蹴りにしても衝撃を感じる事が出来るし違和感が無い。

当然、これと引き換えに痛みは甘受しなければならないのだが。ダメージも何発か喰らったが、その痛みはかつて現実で感じた事のある感触だ。マゾではないのだが、新鮮な感触ではある。

ダメージはポーションで回復する。自作だと何故か嬉しい不思議感覚。ヴォルフのダメージもポーションで回復させた。

暴れギンケイ（メス）を七匹ほど狩った所でヴォルフがレベルアップしている。

固定上昇は生命力、そしてもう1ポイント上昇分は器用値に振ることにする。スキルも増えていた。ステータス画面はこんな感じです。

**ヴォルフ**
ウルフLv2　→　Lv3
器用値　9(→ 1 )
敏捷値　25
知力値　12
筋力値　11
生命力　16(→ 1 )
精神力　10

---

スキル
噛み付き
疾駆
威嚇
聞耳
危険察知(New!)

増えたスキルは危険察知だ。警報装置みたいなものだろうか？


どうにか狩りを続ける。夕日が沈もうかという頃、森の中で異変が起きていた。暴れギンケイのメスがオス数匹を中心にして十五匹程の集団を形成するようになっていた。

はぐれ馬も数頭単位で群れ始めた。当然、戦闘を仕掛ける訳にはいかない。戻ろうか、と考えていた時にその魔物と遭遇した。

イビルアント　レベル1
魔物　討伐対象　アクティブ状態

初見の魔物だ。昆虫系は初だな。

ロッドを構えようとしたらヴォルフに袖を引っ張られた。何だ？

引っ張られるに任せて移動。魔物が追って来る。

だが襲って来ていたのは目の前の魔物だけじゃなかった。背後の方からも不愉快な音が沸き起こっている。

囲まれていたのか。追いかけてくる蟻《あり》は三匹に増えていた。背後から奇襲を受けずに助かった。

偉いぞヴォルフ！

兎肉の骨をしゃぶる権利をやろう。

こっちのＨＰバーは若干減ってはいるものの余裕はある。心配なのはＭＰだ。自然回復に任せて七割程度まで戻ってはいるが。

ええい、ままよ！

「やるぞ！」

ヴォルフに声を掛けると足を止めてロッドを振るった。

ロッドを先頭の蟻の頭の下に突き込んで上に跳ね上げる。

突進してきた勢いを利用して放り上げてやった。

そしてもう一匹も同様に放り上げる。

残った一匹の頭に蹴りを思いっきり当ててやる。

さて、実戦ではあるが試してみるか。

今日、スノーエイプとの戦いでは首を絞めながら魔法を使う事が出来た。オレの予想通りならば、ロッドで殴りながらでも呪文詠唱を行う事が可能な筈だ。

呪文詠唱は自動、放つまでに一定時間の溜めが可能なのも分かっている。上手く組み合わせることが出来るのであれば、複数の魔物相手でも効果的に戦えるかもしれない。

選択した呪文はフィジカルエンチャント・アース。

ヴォルフは最初に投げ飛ばした蟻の首元に噛み付いて振り回そうとしている。

そのヴォルフに他の一匹が襲い掛かろうとしていた。

させるかって。

その蟻の胴体の節目にロッドを突きたてて、突進を止める。

続いて胴体を蹴り飛ばした。

ヴォルフの胴体に左手を当てた。

「フィジカルエンチャント・アース！」

問題なく呪文は効果を発揮したようだ。

頭上のマーカーに表示が重なっていく。

更に呪文を追加で選択する。

フィジカルエンチャント・アクア。

一時的に器用値を強化する魔法だ。

呪文が完成すると同時に自分に対して呪文を使う。

効果の確認を待たずに二匹の蟻に次々と攻撃を当てていく。

「フィジカルエンチャント・アクア！」

気のせいではなく、攻撃がやり易《やす》い。

ファンブルもなかった。

攻撃が面白いように決まって行く。

オレの職業はサモナーであって魔法使い系の職業だが、前衛的な戦い方が形になっているのはどうなのよ？

まあ自分で選んだプレイスタイルではあるんだが。

最初に蟻を屠《ほふ》ったのはやはりヴォルフでした。

初心者のロッドと蹴りの攻撃だけでは火力が足りてないか。

ちょっとその辺りは強化したいな。

課題は多い、というか完璧を求めたらキリがない。

二対三が二対二になると戦況は一気に楽になった。

負ける気がしない。

二匹目の蟻を屠ったのもヴォルフになった。

最後の一匹はボコボコにしてお終《しま》いに。

なりませんでした。

新たな蟻が更に二匹、追加になったのだ。

仲間を呼んだのか、こいつ！

また二対二だ。

だがすぐに一匹が追加に！

一匹一匹は脅威ではないが、際限なく増えてしまうような相手では分が悪い。

出し惜しみはなしだ。

接近戦に持ち込み、フォース・バレットも交えて一匹ずつ確実に息の根を止めていった。


結局、蟻は都合十三匹を倒す事になった。

ＨＰバーへのダメージはオレが多少喰らってしまっていたが、ポーション一個で全回復出来る範囲に留まったようです。

ヴォルフも掠り傷程度ではあるが攻撃を相当受けていた。でもＨＰバーはポーション一つで全回復に。フィジカルエンチャント・アースによる防御力アップがあったのも効いたのだろう。


問題なのはオレのＭＰバーだ。二割程度にまで減ってきている。もう一回、同じ戦闘をこなすのは明らかに厳しいだろう。蟻の増殖速度が撃破速度を超えてしまったら最後、打つ手無しで詰む可能性は大だ。

一方で収穫もあった。今回、ヴォルフは二回、オレも一回だがクリティカルヒットがあったようだ。明らかに普通の攻撃で与えたのとは異なる手応えでダメージが通ったと思う。

《只今の戦闘勝利で【蹴り】がレベルアップしました！》

【蹴り】がレベルアップした。これまでの所、どのスキルでもレベル２で武技や呪文を新たに取得する事はないようだ。

レベル３に期待したい所である。

ドロップ品は蟻の強さ相応かな？

**【素材アイテム】**
邪蟻の針　原料　品質C　レア度1　重量0+
イビルアントの針。毒はない。先端が鋭く非常に軽い。

**【素材アイテム】**
邪蟻の甲　原料　品質C　レア度1　重量0+
イビルアントの甲。小さめで軽くそこそこに丈夫。

針は十三本、甲が九個だった。
全ての蟻が針をドロップしたか。効率良い？

なんとなくだが、夜になると厄介な魔物を相手にする事になりそうだ。師匠の家に戻った方がいい。
そう思った帰路で魔物の不意打ちを喰らってしまった。ヴォルフも気が付かなかったのも無理は無い。
空中からの一撃だった。オレのＨＰバーはそれだけで半分に。後背部に激痛が走っていた。

ハンターバット　レベル３
魔物　討伐対象　アクティブ状態

これはまた厄介な。空中から襲ってくる相手というのはそれだけで厄介だ。

オレにせよヴォルフにせよ、こいつに攻撃を当てるにはカウンターが可能な一瞬を狙うしかない。即ち、攻撃が当たる時こそがチャンスだ。どこまでいっても受身でしかない。

魔法はどうだ？

フォース・バレットの射程はそこそこにある。だが距離が遠いと命中出来るかが心許《こころもと》ない。もうオレのＭＰも少ないのだ。確実に当てたい。

タイミングが重要だ。フォース・バレットの無駄撃ちは全滅に繋《つな》がってしまうだろう。ギリギリまで引き付けるのが理想だ。

来る！

旋回した蝙蝠《こうもり》が迫って来る！　獲物としてロックオンしてきているのは間違いなくオレだ。

頭上で点滅する赤いマーカーも迫ってくる事を示すように大きく見えてきていた。

呪文詠唱をスタート。

自動で呪文が詠唱されていく。

完成した。

「グウラゥ!!」

鋭く、大きく、そして短く、ヴォルフが蝙蝠に向けて吼《ほ》えた。

オレもビックリ。

呪文詠唱がファンブルにならなかったのは奇跡だ。

オレに迫っていた蝙蝠は一瞬体を強張《こわば》らせたようです。翼を縮めた事で地上近くにまで高度を下げてしまっている。

つまり、オレの目前に蝙蝠はいた。

「フォース・バレット！」

攻撃呪文を放つ。

同時に駆け出した。

だがヴォルフの方がオレよりも速い！

地面に落ちた蝙蝠だが、首元をヴォルフに噛まれて押さえ込まれていた。それでも翼を広げて飛び上がろうと抵抗している。

オレは左の翼を足で踏みつけた。

右の翼は杖先で押さえる。

あとはもうヴォルフが嬲《なぶ》り殺《ごろ》しにしてしまった。

《只今の戦闘勝利で【召喚魔法】がレベルアップしました！》
《同時召喚可能なモンスターの数が最大二匹に増えます》
順調にレベルアップしたな。
いやそれよりもだ。
ＨＰバーが半分を割り込んでいてピンチだ。
まださっきのポーションのクーリングタイムが終わっていない。
今はポーションを使う訳にはいかないのだ。
さっさと剝ぎ取りナイフを蝙蝠に突き立ててドロップ品を確認する。

【素材アイテム】
蝙蝠の牙　原料　品質C+　レア度2　重量0+
ハンターバットの牙。やや平たいナイフ状で切れ味が鋭い。毒はない。

喜んでいる場合じゃない。今の状況で魔物に襲われたら危うい。

《アイテム・ボックス》に仕舞《しま》い込んで先を急いだ。


幸運な事に、師匠の家の前に急いで戻ったのだが魔物とは遭遇しなかった。門の前に辿り着いた時には日が沈み暗くなっている。

助かった。緊張の糸が切れ掛かっていた所でヴォルフに服の裾を引っ張られた。

一気に頭から血の気が引いた。

ヴォルフは門の前の地面を嗅いでいる。よく見ると争ったような跡が地面や、周囲の木々にあるようだ。地面に残る足跡で明瞭なものは明らかに人間よりも大きいものである。ここで何かあったのか？

門の上に二つの奇妙な光がこちらを睥睨《へいげい》している様に見える。ちゃんと黄色のマーカーもあるのだが、やはり一瞬ビックリしてしまう。師匠の召喚モンスターであるマギフクロウだ。

門はオレが手を触れるだけで開いてくれる。やはり仕組みは謎だ。家の中に入ると地下への階段が開いた。

師匠が登って来る。

「夕飯は下で済ませよう。来るが良い」

「はい」

何かあったんだろうか。不機嫌そうな雰囲気がある。

「門の前で何かあったんですか?」

「ちょっとばかり不愉快な連中が来とったんでな」

うわあ。夕飯をご馳走《ちそう》になりながら愚痴を聞く羽目になった。

話を聞いてみると、どうやらあるパーティがこの家に来て中に入れろと押しかけたらしい。

恐らくはプレイヤーの五人組。

マギフクロウを通じてやんわりと断りを入れたが、彼等は強行突破を試みたらしい。即ち、石塁の上を乗り越えようとロープを掛けたのだとか。

この家を守った戦力は?

マギフクロウが一羽。

ストーンゴーレムが二体。

師匠曰く、なのだが恐らくは事実だ。

「あっけなくての」

戦闘は一方的なものだったらしい。

どうやら師匠が不機嫌なのは、戦闘がつまらなかった事が原因のようだ。

オレの場合でもそうだったが、観戦するのが好きなのかな？　不法侵入に気を悪くしたんじゃないのか、と心の中で突っ込んでおく。

食事は意外に豪華だった。

ハンバーグ、だよな？　聞けば肉はあのホーンラビットのものなのだとか。


「ホーンラビットの肉ならあります。提供出来ますけど」

「そう気を遣うな。代わりに明日も働いて貰うからの」

そっちの方が怖いんですが。

しょうがない。

ＭＰバーが半分を切る現状、夜の森をうろつくだけの勇気はないし。今日はさっさと寝ることにしよう。天井裏の部屋に入るとヴォルフを帰還させて、ベッドに横たわるとログアウトした。

だけどちょっとだけ心苦しい。どうしても現世の方がより居心地が悪く感じてしまうのだ。

**主人公　キース**

種族　人間　男　種族Lv3
職業　サモナー（召喚術師）Lv2
ボーナスポイント残7

---

スキル
杖Lv2
打撃Lv1
蹴りLv2
召喚魔法Lv3
光魔法Lv1
風魔法Lv2
土魔法Lv1
水魔法Lv1
錬金術Lv1
薬師Lv1
連携Lv2
鑑定Lv3
識別Lv2
耐寒Lv1
摑みLv1

# 第二章

雑事を片付けてログインしたら牧草の匂いに包まれていた。なんだろう、柑橘系《かんきつけい》の匂いがする。オレンジのような匂いだ。清々《すがすが》しい朝のようで気分も上々である。

この世界でも朝食は必須だ。師匠への挨拶と朝食を済ませたらお手伝いが待っている。おっと、忘れてはいけない事があった。新しい召喚モンスターを何にするか、だ。

地下への階段は閉じていたが、教えられた通りに柱の窪《くぼ》みに手を当てると階段が出現した。階段を降りて作業台のある部屋に顔を出す。オレの師匠である召喚術師オレニューは既にそこにいた。

酒の臭いを振りまいて机に突っ伏して寝ている。一応、毛布はかけてあるし、そっとしておいた方がいいか。

今のうちに召喚可能なモンスターを確認しておこう。召喚モンスターのリストを仮想ウィンドウに表示する。もちろん一番上が狼《おおかみ》のヴォルフだ。

その下の行に目を凝らすと、別窓で新規召喚モンスターの選択画面になった。そのリストはこんな感じであった。

ウルフ
ホース
ホーク
フクロウ
ウッドパペット
バット

この中から新しく二匹、何かを召喚する事は決めてあるのだが。改めてどれにするか、それぞれの召喚モンスターについての説明は確認をした方がいい。

**【ウルフ】**
召喚モンスター　戦闘位置：地上
狼。主な攻撃手段は噛付き。
機動性に優れ、戦闘・探索その他様々な場面でも優れた能力を発揮する。

**【ホース】**
召喚モンスター　戦闘位置：地上
馬。主な攻撃手段は体当たりと踏付け。
純粋な戦闘向けではないが、機動性と運搬能力に優れており非常にタフである。

**【ホーク】**
召喚モンスター　戦闘位置：空中
鷹。主な攻撃手段は嘴と脚爪。
戦闘は勿論、空中からの探索もこなす。高い視力を持つ。

**【フクロウ】**
召喚モンスター　戦闘位置：空中
梟（ふくろう）。主な攻撃手段は嘴と脚爪。
森林内や迷宮内でも飛行するのを苦にしない。夜目が利き、羽音が極めて小さい。

**【ウッドパペット】**
召喚モンスター　戦闘位置：地上
木製人形。主な攻撃手段は手足による格闘。
本来は戦闘向けではない。器用で細かな作業もこなし、疲れを知らない忠実な従僕。

**【バット】**
召喚モンスター　戦闘位置：空中
蝙蝠（こうもり）。主な攻撃手段は噛付き。
夜間活動に特化している。漆黒の闇の中であっても飛び回ることが可能。

とりあえずは空中位置を確保できる召喚モンスターは絶対に選ぶ事にしよう。本命は鷹、対抗は梟かな。蝙蝠は本格的に迷宮に入るようになってからでいいだろう。

もう一匹はどうするか。狼をもう一匹とする選択肢もあるが。

師匠のメタルスキンが無言のまま朝食の用意をしている。こいつは基本、師匠としか意思疎通が出来ない。オレなら相手が師匠であっても愚痴の一つでも言いたくなるんだが。

並べられた朝食は見事なものだった。パンとチーズと卵料理とサラダ、それにスープといったスタンダードな洋食だ。前日もそうだったけど、ここは作業場であって食堂じゃないんだけどいいのか？

「おはようございます師匠、朝ですよ」

肩に手を置いて軽く体を揺らすと師匠が目覚めた。返事は無い。血圧が低そうな反応だった。

そのまま動かなくなったので先に朝食を頂くことに。だってメタルスキンが身振り手振りで先に食えと促してくるんだもの。

「おお、キースか」

そう返事をしてきたのはオレが食事を食べ終わってからだった。師匠はオレに気がつかないまま食事を始めてたのか？　やはり血圧が低いんだろうか。

「おおそうじゃ、冒険者ギルドにポーションを納品せにゃならんかったの」

「何かお手伝いする事は？」

「昨日のうちに積み替えはしてある。今の所は大丈夫じゃよ」

　そう言うとゆっくりと食事を続ける。

「まだ少し時間がある。ポーションでも作って時間を潰しておくがいい」

「はい」

　昨日採取した傷塞草はもう麻袋半分にまで減っていた。師匠と今日も採取に行く事になるんだろうか？　否は無いんだが、また魔物との対戦を見せなきゃいけなくなるかもしれない。

　防御スキルの【回避】と【受け】はやっぱり取得すべきか。プレイヤーズスキルでどうにか誤魔《ごま》化《か》せると思うのは甘いのかも知れない。でもボーナスポイントの残りは少ない。

　ポーションの空瓶を並べ、鍋に火をかける準備をしながら悩む。突発的に取得したくなるスキルがまたあるかも知れない。そう思うと躊躇《ちゅうちょ》してしまう小市民なオレ。

　悩みながらもポーション作製を進めて行く。純水を水魔法で用意した以外、全て手作業でポーション作製した。

　傷塞草二本でポーション四本分になる。品質Cが三本、なんと一本が品質C+であった。

**【回復アイテム】**

ポーション　HP+9% 回復　品質C+　レア度1　重量1

一般的なポーション。僅かにだがHP が回復する。
飲むとやや苦みが舌先に残ってしまう。
※連続使用不可。クーリングタイムは概おおむね8分。

僅かだが回復量は向上していた。何よりもクーリングタイムが短縮されているのに注目だろう。これは有難い。

昨日の蟻《あり》との戦闘を思い出す。早い段階で回復出来ていたら展開はもっと楽になっていただろう。

「キースよ、その一本はギルドに納品はならんぞ」

「え？」

「一定の品質のものを納品しないと後々に禍根を残すのでな」

少し考え込んでしまった。冒険者の立場からすると、少しでも性能の良いアイテムが欲しいのが当然だ。

奪い合いになったとしたら？

プレイヤー間で争いになってしまったら？

ポーションは大量に消費する序盤のアイテムだ。

それでも余計な争いの種になりそうな気がする。

品質C+は別に分け、背負袋に入れておいた。

さらにもう一ロット分、ポーション作製を手作業で行う。今度は四本全てが品質Cであった。ちょっと残念。

師匠が食事を終えそうなので、作製はそこで留めて器具の片づけをして師匠を待った。


食事が終わると鞄《かばん》状の《アイテム・ボックス》を持たされる。荷物持ちとして家の外まで運ぶ。その家の外では師匠が召喚を始めていた。


「サモン・モンスター!」

出現したのは馬であった。中々に立派な体格で黒い毛並みがよく映えている。思わず【識別】してしまった。

バトルホース　???
召喚モンスター　待機中

うわ。只《ただ》の馬ではなく戦闘用ってことか。

バトルホースの項目に目を凝らしていたら別枠の仮想ウィンドウで簡単な説明を見ることが出来た。

**【バトルホース】**

召喚モンスター　戦闘位置：地上

軍用馬。主な攻撃手段は体当たりと踏付け。

戦闘向けに訓練された馬。乗りこなして本格的な戦闘を行うには補助スキルの馬術取得推奨。


「昨日のロック鳥ではないんですね」

「うむ。町に行くのにあれを使っては大騒ぎになるからの」

そうですね。オレの方が思慮不足でした。正直、寒さを凌《しの》げたらロック鳥のほうが移動は楽なのに、と考えてしまっていた。

「で、お前さんは走って付いてくるかの？」

なんか楽しそうにこっちを見てる。さすがに馬と併走してレムトの町まで行くのは無理がある。

「いえ、新しい召喚モンスターを試してみます」

呪文リストからサモン・モンスターを選択し、リストの二段目、ヴォルフの名前の下を指定する。これで新規召喚が可能になる筈《はず》。

では何を？

師匠の召喚を見て何にするのか決めたようなも

のだ。

「サモン・モンスター！」

地面に描かれた魔方陣と魔法円の中に馬が出現する。オレのＭＰ《マジックポイント》バーもごっそり減ったが、以前程ではない。現れた馬の毛は茶色、鬣《たてがみ》と尻尾は黒に近い焦げ茶色だ。栗駒《くりこま》って奴《やつ》かな？　目を覗《のぞ》き込《こ》むと瞳は黒くて大きいが愛らしい。さすがにバトルホースに比べると筋肉の量で見劣りするが、スラリとした姿はむしろ美しく感じられた。

名前はどうしようか。漢字でもいいかな、と思って入力変換したら出来ちゃったよ！　ステータスは見事に凸凹になっていた。

**残月**

ホース Lv1(New!)

| | |
|---|---|
| 器用値 | 7 |
| 敏捷値 | 18 |
| 知力値 | 7 |
| 筋力値 | 20 |
| 生命力 | 22 |
| 精神力 | 6 |

スキル

踏み付け
疾駆
耐久走
奔馬
蹂躙(じゅうりん)
蹴り上げ

「お前さん、裸馬に乗るつもりかの？」

それもそうだ。オレも馬鹿だな、肝心な所が抜けている。

「失念してました」

「そうじゃろうとも。まあ気にする事はない、馬装具はワシのを貸してやる」

師匠は自分の《アイテム・ボックス》から別の馬装具を取り出してくれた。中々の年季が入っているようだ。オレは師匠に教えられながら残月に馬装具を装着していく。

残月は素直に装着されるがままだ。鞍《くら》を乗せてもハミ（師匠はビットと呼んでいた）を噛《か》ませても暴れるような事は無い。問題はオレが鐙《あぶみ》に足を掛けて鞍を跨《また》いだ時に起きた。

どう乗りこなせばいいのよ？

オレってば乗馬経験ないじゃん！　補助スキル検索を行い【馬術】を探すとちゃんと取得可能になっていた。ボーナスポイントを3ポイント消費して取得する。即有効化だ。

たどたどしくはあるが、手綱を操作して、残月を歩かせてみた。体が独特のリズムで上下に揺れる。自然と安定し易《やす》いようにオレの体が動いてくれているようだ。

おお、この感触は新鮮だ。視点も高い。残月を歩かせるだけでなく、右折したり、左折したり、止まったりさせてみる。

いけそうだ。

馬術がこんなに簡単に覚えられるとか、さすがにゲームなだけはある。

「では行こうか」

「あ、師匠。少しお待ちください」

まだやるべき事がある。もう一体、新規で召喚しておきたいのだ。鷹にしようか、梟にしようか。

よし、決めた。

呪文リストからサモン・モンスターを選択し、リストの三段目、残月の名前の下を指定する。

「サモン・モンスター！」

地面に描かれた魔方陣と魔法円の中に鷹が出現する。再びオレのＭＰバーもごっそり減って六割程度になった。

現れた鷹は以前に見たステップホークよりも獰《どう》猛《もう》そうな外観をしていた。脚は意外に大きく、湾曲した脚爪は鋭く長い。目付きが怖すぎる。視力に優れているそうだが、ある意味納得である。

名前もさっさと付けておく。

**ヘリックス**

ホーク Lv1（New!）

| | |
|---|---|
| 器用値 | 10 |
| 敏捷値 | 21 |
| 知力値 | 18 |
| 筋力値 | 10 |
| 生命力 | 10 |
| 精神力 | 12 |

スキル

嘴撃（しげき）
飛翔
遠視
広域探査
奇襲
危険察知

名前をヘリックスと入力すると鷹は飛び立った。

ひとしきり頭上を周回してオレの肩口に舞い降りる。

うお！　肩に脚爪がっ！

ヘリックスが再び舞い上がると今度はオレのロッドの先に止まった。ほんの僅かな面積しかないロッドの先端なのに器用だ。止まり木代わりになるものを何か考えないといけないな。


「ふむ」

何故《なぜ》か満足そうにオレを見てる師匠の杖《つえ》先にはマギフクロウが止まっていた。そのマギフクロウ、鷹であるヘリックスをじっと見ているような気がする。

ヘリックスの方も負けじと睨《にら》み返《かえ》しているような気がする。対抗しなくていいから！　戦っても勝てる気がしない。


「では行くぞ」

先頭はオレと残月で進んだ。

師匠の家の前から続く細道は結構酷《ひど》い道なのだが、残月は苦にしなかった。苦しかったのは揺れているオレの方だ。補助スキルの【馬術】は確かに効いていると思うけど、それでもバランスを取るのが難しい。

そういう時に頼りになるのが魔法だ。


フィジカルエンチャント・アクアを使った。器用値に一定時間、上昇効果を付けてやれば、乗馬も楽になるだろうと考えたのだ。

ビンゴ！　明らかに楽になった。

油断は出来ないが、なんとかなりそうである。

街道に出る直前には効果が切れたが、感覚の落差に戸惑った程だ。比較的荒れていない街道では

フィジカルエンチャント・アクアを使わずともなんとか乗馬の形になる。

因《ちな》みに街道に出るまでの間には暴れギンケイ（メス）と三回遭遇していた。全て一匹が相手である。その全ての戦闘で馬から降りることなく魔物を仕留めていた。

馬上からロッドで突き打ち下ろす攻撃は、明らかに大きなダメージを魔物に与えていたようだ。一撃でＨＰバーがより大きく減るし、場合によっては魔物の行動そのものが阻害される事もあった。

残月も攻撃に参加した。踏み付けるだけでオレのロッドで攻撃するより大きくＨＰバーが減っている。

但し、正面から魔物相手に踏み付けようとしても簡単に避けられてしまう。ヘリックスの攻撃と併せて、魔物の足が止まった瞬間を狙わないといけないかな？

難しい。でも面白い。

ドロップ品を剝《は》ぐのに馬から降りるのが手間だけど気にしてはいけない、よね？

ヘリックスは出番無しでした。苦戦するような ら参加させるつもりだったのだが、オレと残月だけで仕留め切っているのだ。

まあ森でしたからね。草原に出たら思いっきり活躍して貰《もら》おう。


街道に出て路面がかなりマシになってからは移動速度が一気に上がった。今度は師匠が先導して進む。森を監視する物見櫓《ものみやぐら》に到達するのにもほんの僅かな時間で済んだ。昨日、オレが歩いて一時間弱かけて移動してきた距離がほんの数分です。

現代社会の利便性はリアル世界で知ってはいるのだが、ゲーム世界でプレイしてるとその感覚は新鮮だ。町まで結構楽に移動出来そうだ。


しかし甘かった。そんな事を師匠が許す訳もない。師匠が最初にオレに言いつけたのは、ヘリックスを頭上に飛ばして随行させる事だった。そして街道沿いに出没する魔物を狩りながら進む事をオレ達に課した。ある意味、望む所です。

町に到着するまでに魔物を次々と狩って行く。かなりの収穫が得られた。これはヘリックスの先制奇襲攻撃が非常に有効であった事が大きい。

ヘリックスは魔物を見付けるとインフォのような形でオレに伝えてくる。どこか不思議な感覚で表現し難いのだが分かるのだ。

そしてその位置にオレ達を誘導し、先に奇襲を仕掛けてくれる。オレ達が魔物に迫っている頃には既に有利な戦況になっているという、実に楽な展開だ。戦闘時間も短い。

だがそうはいかない相手も少しだけいた。


例えばワイルドドッグ。

但し五匹の群れ。

残月が群れの中に突っ込みながら犬共を分断し、ヘリックスが嫌がらせのように空から攻撃する。オレもロッドを振り回して戦った。

犬は犬で非常に連携がいい。簡単に蹂躙できず、オレも残月もヘリックスすらも無傷では済まなかった。それでもダメージはさほど受けずに勝てている。どちらかと言えば時間が掛かる面倒な相手だ。


次にホーンラビット。

ヘリックスはかなりの高確率でこの兎《うさぎ》を見つけ出すのだが。その半分以上が巣穴の近くで佇《たたず》んでいたりする。獲物がいた、と知らせて先制攻撃をヘリックスが仕掛けても、兎に感知されると巣穴に逃げ込んでしまう。

地上にいる冒険者相手には積極的に襲ってくるホーンラビットだが、空中からの攻撃には敏感なようだ。それでも三割程はヘリックスのおかげで倒せているけどね。

その次にホーンドラビット。

一匹だけ混じっていた。

最初、ロッドで思いっきり当ててもＨＰバーが大して減らなかったのでもしや、と思ったものだ。

【識別】で見たらやっぱりホーン『ド』ラビット。

こいつを倒すのには魔法を必要とした。

フィジカルエンチャント・アースで残月達の防御力を高め、兎の突進をフォース・バレットで迎撃する。

正直、苦戦した。

一匹が相手とはいえ、さすがに無傷とはいかず戦闘後に全員、ポーションを使いました。一度戦っていたので驚きはしない。驚いたのは想像していたよりも楽に倒せた事だ。昨日は倒すのが大変だったからな。

最後に、一番厄介だったステップホーク。

こいつ相手に完全に対応できるのは同じ鷹であるヘリックスしかいない。

当たり前ですね。

このステップホークはホーンラビットの肉を狙って襲ってきた。ヘリックスが事前にオレに警告してあったので、至近距離からフォース・バレットで迎撃出来たのだが。もう一匹が追加で襲ってきたりするんだもの。

これにはフィジカルエンチャント・ウィンドでヘリックスの敏捷値を上げ、一匹を牽制《けんせい》しながら戦った。

正直、面倒！

今後の対策はヘリックスのレベルアップに期待って所だろう。オレの魔法だけで対抗出来なくないのだろうが、今のオレではＭＰがあっという間に枯渇するだろう。呪文を命中させる自信もないしな！

当然、多くの魔物を倒したが故に実入りも多かった。相変わらずワイルドドッグは何も落とさない。未見のアイテムはステップホークのドロップ品だ。

**【素材アイテム】**
草原鷹の翼　原料　品質C-　レア度1　重量1
ステップホークの翼。一般的には矢羽根に加工されている素材。

これまた分かり易いヒントだな！

《アイテム・ボックス》に放り込んでおこう。

この《アイテム・ボックス》は便利だとは思うが、まだその真価を発揮できていない。

《アイテム・ボックス》の容量は種族レベルの二乗の個数まで。重量は一個あたりの制限はないが、一個あたりの容積に制限がある。

立方体基準でいうと、タテ（センチメートル）＋ヨコ（センチメートル）＋高さ（センチメートル）＝二百（センチメートル）が目安、らしい。

どこの宅配便だよ。

それにこの条件以上に個数が優先になる。

ポーションのように小さく重量1扱いのアイテムは《アイテム・ボックス》で運搬するのは効率が悪い。背負袋も大きめのものがいいかもだが、あまり大きいと戦闘時に邪魔になる。

やはり早々にレベルアップを果たして《アイテム・ボックス》の拡充を図るのが王道だろう。

獲物で一番多かったのは野兎の皮。出来れば生産プレイヤーに防具を作って貰えるよう、交渉しておきたい。今着ている簡素な服もボロボロである。

今後、余裕が出来たらヴォルフの首輪、残月の馬装具、ヘリックスの足輪とかも欲しい。出来る範囲で色々と手を入れておきたい所だ。


レムトの町に到着した。

結局、師匠はオレが魔物を狩っている間、何もしなかった。眺めていただけ。

たまに杖を掲げて魔物を指し示す事があった。

そしてその先には大抵、ワイルドドッグがいたりする。犬はドロップを残さないから遠慮したいんですけど！

でも師匠の指示ですから狩ります。

それに結構な数の戦闘をこなした筈なのに、徒歩と比べると町に到着するまでの時間が明らかに短い。

これは嬉《うれ》しい。

サーチ・アンド・デストロイをしていなかったら師匠の家とは片道1時間程度で行き来が可能だろう。


町の中では、馬は降りて手綱を引くのがルールである。門を抜けてすぐ馬を世話する一角はあるが、師匠の馬もオレの馬も召喚したものだから世話は必要が無い。

それに多少ではあるが荷物も運ばせているし。

鷹であるヘリックスはオレが肩に担いでいるロッドの先に器用に止まっていた。これもどうにかしたいものだ。

冒険者ギルド前に到着すると、師匠の馬から《アイテム・ボックス》である鞄を下ろした。馬は建物脇にある馬留めに繋《つな》いでおく。ヘリックスは馬留めの一番奥に自分の居場所を見つけたようだ。

師匠はオレに目配せするとギルドの中に入っていく。オレも荷物持ちとして付き従う。

つかこの鞄、《アイテム・ボックス》のくせに大きくないか？　さほど重たくないのが救いだ。

ギルドの中は人が多いのは相変わらずだ。

依頼票を見て回る者。

受付で依頼を受ける者。

さすがに朝では獲物を持ち込む冒険者は皆無であった。町中もそうだが、初日、二日目に比べたら明らかに人が減っていた。冒険を求めて町の外に出ているのであろう。

師匠は受付の一番端、ギルド職員のいない場所に陣取ると、それに中年の職員が気がついた。あ、オレに師匠を紹介した人だ。

「ああ、助かります！　急な話で申し訳ない」

師匠に平謝りである。

オレの時とさすがに姿勢が違っている。

「モノはこれじゃ」

「すぐに数えたいのですが、別の部屋を用意します」

「なんじゃ、普段と違うのう」

「ちょっとした騒ぎになってますから」

受付の男は真剣だった。

何か問題でもあったのか？

男はカウンターの一部を上に跳ね上げると師匠とオレを中に案内していく。ギルド職員の机を横目に一番奥へと進む。男が一番奥の扉を開くと中へと通される。

そこは一種の会議室みたいな場所だ。

中で待っていたのは一人の老人。見事な髭《ひげ》は真っ白で口元が見えないほど量が豊かだ。

「ルグラン！」

「オレニュー！」

あまり美しくない老人同士の抱擁。

にはならなかった。

師匠が杖で床を鳴らして威嚇した。

続いて髭をワシ摑みにして下に引っ張る。

「ワシを便利屋か何かと勘違いしておるじゃろう？」

「痛い！　よさんか、これ！」

「冒険者駆け出しの面倒まで押し付けよるし」

「何を言うか！　どうせ暇潰しにしておるか便利にコキ使っておるんじゃろうに、痛い！」

「理由を、言え。まずはそこからじゃ」

ようやく師匠は髭を手放した。済まないって気持ちになったんで老人に一礼する。

「うむ、ちょっと困っておるんじゃよ」

レムト冒険者ギルド長　ルグラン　？？？
エレメンタル・メイジ『光』　接客中

【識別】してみたらこの老人がギルド長であった。何だか凄《すご》そう。名前の前に身分が表示されているのは初めてかな？　名刺要らずだ。

中年の職員はと言えば、机の端で《アイテム・ボックス》である鞄を何か紋章のようなもので開けていた。ポーションを次々と取り出して十個単位で並べていく。途中で年配の女性職員を呼んで作業を手伝わせていた。

検品作業だ。オレもバイトでやりましたとも。

そんな光景を見ながらも師匠達の会話にも耳を傾ける。今、この町で起きている出来事は全ての冒険者に関わるのだから興味がある。

何が起きているのか？

冒険者が異常に増えた事によって、様々な所で需要と供給のバランスが崩れているそうなのだ。

その一つがポーション。

師匠によって持ち込まれたポーションの数は四百三十本、それでも足りないのだとか。町にいる薬師にも増産を促しているそうだが。

素材になる傷塞草は在庫が逼迫《ひっぱく》する有様。そして全ての冒険者にポーション空瓶の回収を指示してもいるようです。瓶もガラス工に増産を指示、でも職人が少なく対応も限界みたいだ。

その影響で昨日まで三十ディネだった販売価格が五十ディネにまで値上げされていた。

商業ギルドが介入するとややこしい事になるので、なるべく早く事態の沈静化を図りたいそうだ。

問題なのはポーションだけではなかった。他の所でも火種があるそうだ。

例えば矢。

消費に生産が追いつかず、木工職人が増産を始めて対応中。その煽《あお》りを受けて、魔術師向けの杖の生産が止まっていて在庫のみで凌いでいる状態みたいです。

例えば携帯食。

冒険者ギルドお抱えの料理人だけでは対応できず、街中の主婦を臨時で雇用したのだとか。ギルドも冒険者から買い取った素材でやや潤っているものの、固定費が増えていて嬉しいばかりではないようだ。

他にも冒険者ギルドの新しい建屋の建築も停滞中。運営ってばこんな所に市場原理を導入してどうするんよ。

「確認しました。全部で八千六百ディネになります」

中年の職員が師匠に買取金額を提示していた。

買取価格は一個あたり二十ディネか。師匠は何も言わずに頷《うなず》くだけだった。

百ディネ銀貨がジャラジャラと目の前で数えられ、師匠の前で小袋に仕分けられた。年配の女性は空瓶を次々と机の上に持ち込んできている。あれはなんだ？


「言いにくいんじゃがな。明日までにもっと数が要る」

「無茶を言いよる！」

「のうオレニュー。お前さんにはその無茶が無茶でないのは知っておるんじゃがな」

「他の薬師ではいかんのか？」

「それこそ無理じゃよ。頼む」

ギルド長が頭を下げる。

師匠は渋面のまま頷いた。

「仕方ない。まあ手伝いもおるしなんとかなるじゃろ」

「助かる、恩に着るぞ！」

「ワシが生きているうちに返せよ？」

つまり今日もまたあの薬草採取とポーション作製をやるって事だ。

今日の予定が決まりました。


「キースはお前達が寄越《よこ》したんじゃろ？　もうポーションも作らせておるでな」

「ほう、それは上々。ポーションは少しでも多く欲しいのでな」

オレは召喚魔法を生業にするサモナーです。薬師じゃないんですけど？

「別枠でも依頼を受けてくれるかな？　最初じゃ

しポーション十五本を納品して欲しいんじゃが」
《ギルド指名依頼が入りました。依頼を受けますか？》
え？　師匠を見るとニヤニヤしてる。受けてもいいものなんだろうか？
「まだ駆け出しに過ぎませんが手助けになるなら否はありません」
《ギルド指名依頼を受けました！　ポーション十五本を納品して下さい》
《はい》と《いいえ》が表示された画面が目の前から消えていく。
でもね。

そんなオレの背負袋にはポーションが入っている訳です。背負袋に手を突っ込んでポーションを机の上に並べていく。

とりあえず全部並べて品質C-以下のものは背負袋に戻した。品質C+は《アイテム・ボックス》に別保管してある。

「とりあえずこの二十二本はどうでしょう？」

ギルド長は驚きの表情からすぐに笑顔に変わった。

中年の職員が数を数えて確認している。気がつかなかったが、これは一つ一つを【鑑定】しているのに違いない。

「全て問題ありません」

「しかもいきなり依頼数を超えて納品とはありが

たいのう」

職員さんからは師匠と同様に報酬を小袋に入れて渡された。

百ディネ銀貨が四枚。

一ディネ銅貨が四十枚。

師匠の場合と同様に買取価格は一個あたり二十ディネか。

《ギルド指名依頼をクリアしました！》
《ボーナスポイントに3点、エクストラ評価で2点が加点され、ボーナスポイントは合計9点になりました！》

「では改めて。次は早めにポーション三十本を納品して欲しいんじゃが良いかな？」

《ギルド指名依頼が入りました。依頼を受けますか？》

ああもう受けざるを得ない雰囲気だよコンチクショウ！　どうやら依頼を受けてクリアすることでボーナスポイントを稼げるようだ。ある意味、望む所だろう。


「分かりました、受けます」

《ギルド指名依頼を受けました！　ポーション三十本を納品して下さい》

三十本か。すぐ明日に納品、というのは出来なくもないだろうけどね。

他の行動の自由が無くなるのは痛い。年配の女性職員がオレの背負袋に空瓶を入れようとする。

「ああ、それはこっちの鞄に一緒に入れておいてええぞ」

師匠が目聡《めざと》く指摘してくれた。鞄には余裕があるようだ。

金額は僅かだが自由に出来る手持ちはある。

薬草の採取に行く前に最低でも予備の服は買っておきたい。

「キース、ワシはまだ話さねばならん事がある。暫《しばら》く町の中でも見て回って待っておれ」

「はい」

良かった。願ったり叶《かな》ったりです！

改めてギルド窓口で野兎の肉だけは全て売り飛ばして冒険者ギルドの建物を出た。残月の手綱を引きながら町を歩く。ヘリックスはロッドの先に止まったままだ。

町の中はどこも冒険者の姿が少なかった。緑のマーカーがノン《N》・プレイヤー《P》・キャラクター《C》を示す黄色のマーカーに埋もれるかのようだ。

露店も覗いて回ってみる。

まだ昼飯には全然早い時間なのに食欲を直撃する匂いが漂っていた。そんな露店の列の一角でオレは足を止める。ちょっと興味を引く存在に目が向いてしまったからだ。

プレイヤーが露店で食べ物を売っていた。イカ焼きみたいだ。それに焼きそばみたいなものもある。恐らくは兎肉をつくね状にして串に刺したものまであった。

その隣は海産物を売っているようだ。魚介類、それに塩らしきものが並んでいる。露店にいるプレイヤーは三名、全員が女性であった。纏《まと》っている雰囲気は異なるが面差しは和風女性風味である。

「いらっしゃい！　出来立てで美味《おい》しいよ！」

思いっきり営業スマイルだが今は良しとしようか。売り子は三人の中では一番幼く、愛嬌を振《ふ》り撒《ま》くような感じの女の子だ。

イカ焼き一本を買い食いしながら立ち話を仕掛ける。

「昨日と比べてプレイヤーが少ないけど何かあったのかな？」

「なんか色々と物資が足りないとかで細かい依頼やらイベントやらが増えたみたいよ？」

「へえ」

オレと話している女性は料理人持ちなんだろうか？　やけに旨《うま》いな、このイカ焼き。

「もしかして、料理人？」

「もしかしなくても料理人だよ、そっちはサモナーさんみたいだけど」

「ああ、苦労してるけどまあボチボチ進めてるよ」

「こっちもね。生産職の中では料理人って手堅いけど地味に稼がないといけない商売だから」

そう言うと彼女は残月とヘリックスに目を向ける。彼女にも残月とヘリックスの頭上にプレイヤーを示す緑のマーカーは見えている筈。緑のマーカー付きの馬やら鷹やらを引き連れているのは確かにプレイヤーのサモナーしかいないよね。

「私はキース」

「あたしはミオ。言っておくけどナンパはなしでね？」

「そうしたい所だけどね」

改めて彼女のマーカーを見て【識別】してみると確かに料理人だった。

ミオ　レベル2
コック　接客中

彼女に声を掛けたのはプレイヤーだからではない。その装備故であった。明らかにカスタムメイドされた革ジャケット。ハートマークがあしらわれていて目立つデザイン。

ノン《N》・プレイヤー《P》・キャラクター《C》が作るような代物ではない。

「実はお目当ては君が装備してる革ジャケットの方。私も作って欲しくなってね」

「へえ」

ニコリと実に嬉しそうな顔を見せる。

これはあれかな？　情報が欲しけりゃ焼きそばも買えって事かね？　とりあえずはスルーで。


「いいでしょ。伝手《つて》があってね」

「紹介ってダメかな？」

「どうかな？」

彼女の目が露店の奥側にいる二人に向く。

「なにかお役立ち情報があるとうれしいなあ」

「ミオ！」

奥にいた女性が二人ともこっちにきた。

この二人は良く似ている。いや、髪形と装備を除けば瓜二《うりふた》つだ。双子かな？

「客なら私はウェルカムなんだからそう邪険にしないで！」

「むう、サキ姉は甘い！」

この子の言い返す様はなんか可愛《かわい》いな。

「ああ、気にしないで。私はこの露店とは無関係。ここでこの娘と待ち合わせしてただけだから」

サキ姉と呼ばれた女性はやや大人びた物腰で人当たりもソフトなようだ。地味な格好をしているくせに顔つきは豪華な美人ってとこか。

もう一人は顔付きが同じなのに美人というより愛嬌の方が前面に出ている。印象がまるで違うな。この女性は明らかにニヤニヤと他の二人のやり取りを楽しんでいた。

「私はサキ。レザーワーカー、つまり皮革職人よ」

「ついでに私も。マーチャント、商人で隣の露店主のフィーナ」

「今は手持ちの皮素材がないから、素材持込ならなんとかするわよ？」

「そうですか。なら見て貰った方が早いかな」

「今あるなら見せて貰いたいわね」

露店の裏に回るとサイドテーブルがあったので、そこに素材を出して行く。

野兎の皮には驚きの顔を見せなかったが、邪蟻の甲には興味を示したようだ。

そして雪猿の皮には食い付いた。

「これは初見だわ」

「うん。掲示板にもなかった、よね？」

六つの目が『どこで手に入れた』と言っている。見えない圧力があるぞ？

「邪蟻の甲だって情報掲示板では知ってたけど現物は初めてだわ」

「軽いよね。でもそれだけに加工するのは難しいかも」

やべえ。オレを見る目は獲物を狩る大型肉食獣のそれだ。

「野兎の皮は十五枚、か。ジャケットにするだけなら十分なんだけど、何か希望はある？」

「オープンフィンガーグローブを両手分、それに胸当て。肘パッドと膝パッドも作れます？」

サキが何やらブツブツと呟《つぶや》き始めた。材料を計算しているのだろう。

オレの体形を測らなくて大丈夫なんだろうか？　見るだけで分かってしまうのかもしれない。

「邪蟻の甲はグローブ、肘パッド、膝パッドの打突部に貼り付けで」

「プロテクターみたいな感じ？　サモナーなのに格闘戦でもやる気？」

「ええ。それにこの雪猿の皮ですが鷹が止まる場所に使えたら」

「鷹匠《たかじょう》プレイ？」

「鷹匠プレイで。左腕のカバーか左肩のカバーが出来たら有難い」

「いやサキ姉、それを言うなら鷹狩りプレイだって」

どんなプレイだ、鷹狩りプレイって。

サキがまたブツブツと呟いている。会話してると普通なんだが呟いてるとなんか怖い。呪われてるみたいだし。

「うん、それは両方できるよ。大丈夫。デザインは？　この娘みたいにも出来るけど」

「いや、そこまで凝らなくても。今日ってプレイ三日目だっけ？　よく作れましたね、そのジャ

ケット」

「そこはそれ、素材を集めるのにも作るのにも色々と頑張ったからね」

サキの笑顔が何故か怖い。

「ね？　ね？　やっぱり当たりだって！　いい宣伝になるじゃないの！」

「あんたの言いたい事ってのは分かるけどさ、イカが焦げるわよ」

「おっといけない」

イカ焼きに戻るミオ。

料理人がんばれ。

「イカほどになるかな」

「それ、突っ込まれたイカな？」

「ミオ、茶化《ちゃか》さない。そうね、千ディィネは欲しい所だけど」

わお。手持ち分超えちゃったよ。

「ちょっと待って、サキ。キースさんに確認したいのだけど」

ずっと寡黙だった商人のフィーナが会話に割り込んだ。

「蟻のドロップ、他にあるんじゃない？」

「あ、そうか。レイナちゃん呼ぼうか？」

「放っておいても来るわよ」

なんで他にドロップ品があるって分かるんだ？

「ああ、確かに情報掲示板に書き込みあるね。スクショはまだないんだっけ？」

「うん。ウサギの角以外にも底上げになりそうなのは全部検証すべきだって」

「ですよねー」

もう誰が何を話しているんだか分からなくなった。女三人寄れば姦《かしま》しいとはこの事か。

「おらー！　来たぞー！」

女性陣が話し込む輪の中にまた一人参戦してきた。緑のマーカーだから間違いなくプレイヤー、そして間違いなく美人。耳が長くて尖《とが》ってますが。エルフ？

「レイナちゃん、おっす！」

そこから先は会話に割り込むことすらできない雰囲気に。もうダメ。

「おっと、本題。これを見て」

「おお！　邪蟻の甲じゃない！」

「そう。今日はこれを使って装備作製に予定変更したいんだ。いい？」

「昨日に続いてそれかい！　でもこれ見たら納得だね！」

「いやあの、装備作製費用が足りないんだけど」

どうにか割り込んだ。

「ん？　ああキースさんっていうのね？　よろしくー！　あたしはレイナ、木工職人つまりウッドワーカー！」

「えっと。名乗ってないのになんで分かった？」

「パーティ編成してるとね、互いに開けてる仮想ウィンドウを共有できるんよ！」

そんな機能もあるのね。他のプレイヤーとパーティを組んでないオレには縁が無い機能だ。

フィーナがレイナを少し制してオレに話を持ち

かけてきた。

「蟻を倒した時に針もあったんじゃない？」

「今持ってるけど」

「おお！　見せて見せて！」

「レイナちゃん落ち着きなって」

背負袋に入れてある邪蟻の針は十三本、全部は出さずに一本だけ取り出した。

女性陣四人が注目する。何だかおっかないです。

「今更だけどさ、手に持って【鑑定】をしていいかな？」

「ええ」

女性陣からいきなり会話が消えた。さっきまで騒がしかったのが嘘《うそ》のようだ。

周囲を見回すがノン《N》・プレイヤー《P》・キャラクター《C》は無関心なままである。いや、視線だけが飛んできている。済みません、迷惑ですか？

レイナが矢を幾つか取り出して机に並べる。矢羽根は全て同じに見えるが矢尻はそれぞれが異なっていた。

「あ、ごめん。キースさんには『ユニオン』申請出すから登録してくれる？　会話にはウィスパー使うから」

急にフィーナから話しかけられる。するとインフォが脳内に流れた。

《プレイヤー名フィーナさんからユニオン申請があります。受諾しますか？》

とりあえず《はい》を選択しておこう。

『ごめんね、つい癖で私達だけで話をしちゃってた』

「いえ」

『レイナは木工職人で弓持ち、うちのパーティでは後衛で火力担当なの』

『で、これは矢尻素材の比較で作った試作品なのよ！』

「【鑑定】してみていいですか？」

『どうぞ』

種類は四種ある。

端から一気に鑑定してみた。

**【武器アイテム:矢】**
初心者の矢　AP1　破壊力1　耐久値∞
冒険者駆け出しが使うための矢。その威力は微々たるものである。
弓矢の扱い方に慣れるための矢。

**【武器アイテム:矢】**
黒曜石の矢　品質C-　レア度2　AP1　破壊力2　重量0+　耐久値30　射程-30%
削った黒曜石を矢尻に利用した矢。
重みがある分、その衝撃力でダメージを与える事が出来るが射程は短くなる。

**【武器アイテム:矢】**
兎角(とかく)の矢　品質C-　レア度2　AP4　破壊力1　重量0+　耐久値40　射程±0%
野兎の角を矢尻に利用した矢。
貫通力は程々であり使い勝手は良い。

**【武器アイテム:矢】**
青銅の矢　品質C　レア度1　AP2　破壊力1　重量0+　耐久値30　射程-10%
矢尻は先端に青銅を被かぶせたものである。
手入れを怠ると威力が落ち易いので注意が必要である。

どれがいいのか悪いのか、判断出来ないんですけど。だって弓矢なんて使われている所を碌《ろく》に見てないし。

『弓矢使いが本サービスで増えた影響で矢が不足しているのは知ってるかな！』

「ええ」

『矢の本体の木材と矢羽根はまだ在庫があるから不足しているのは矢尻！　それを魔物のドロップ品で試作したいんだ！』

「なるほど」

『邪蟻の針、持ってるよね？　提供してくれたら装備品の加工費の値引きに応じるけど？』

『ちょっとフィーナ姉！　サキ姉のお客さんだよ！』

『ミオ、私はいいから。ごめんなさいねキース』

パーティ内部で意見の相違があるようだが大丈夫ですか？

『ね？　サキ。掲示板の情報ではスクショもないし【鑑定】結果も貼ってないから眉唾だったけど確定よ』

『少しだけ光明が見えてきたわね』

『試作！　矢尻だけなら嵌《は》めるだけでいいから！　ここで検証しちゃっていい？』

レイナの耳が上下に揺れる。

やばい、かわええ。

『お願いしていい？　結構重要な事なの』

「どうぞ」

フィーナにも後押しされたのもあるが、ここは協力的になるべき？　同意せざるを得ない。

レイナが可愛いのとは関係ないから！

レイナが矢筒から取り出した矢は矢尻が付いていなかった。そしてその先端は切れ目を入れてあるようだ。邪蟻の針を先端に嵌めると何やら接着剤のようなもので隙間を埋め、糸で先端を固定している。

『最初に【鑑定】する権利はキースにあるわ！　先に見て！』

渡された矢を手にすると【鑑定】する。

**【武器アイテム：矢】**

邪蟻の矢　品質C-　レア度2　AP8　破壊力0+　重量0+　耐久値30　射程+10%　継続ダメージ微

邪蟻の針を矢尻に利用した矢。
貫通力を高めて出血ダメージを狙ったもの。

なんか妙な矢になってるな。さほど弓矢に思い入れはないんで、即座にレイナへ返す。

『うん！　これは使えるよ！』

『破壊力の低さはあるけど攻撃力が高いのはいいよね？　それに射程ボーナスもあるし』

『狩り行こうよ狩り！』

『試し撃ちしなきゃね！』

『待ちなさいって、キースが置き去りでしょ！』

フィーナの一喝で一同が押し黙る。彼女が間違いなくこのメンバーの中ではリーダー的存在なのだろう。発言は一番少ないんだけど。

『で、サキ。さっきの話はいいわね？』

『らじゃ』

『装備加工費の件、さすがに無料で受ける訳にいかないんだけど、四百ディネは出せる？』

「問題ないです」

『じゃあ取引。私に邪蟻の針を全部売って欲しいの。というか買い取れる物は買い取りたいわね』

えっと。

どういう事なんだろう。

『ベータ版で既に分かっている事なんだけど、プレイヤー間の製作依頼は加工費によってスキル上昇に差があるの』

「そんな事が？」

『そう。生産者の腕と素材、それに見合う金額である程、得られる経験が違うわ。高過ぎても低過ぎてもダメ』

「では私がフィーナさんに針を売って得た金額を上乗せして、私がサキさんに依頼する形にしたいって事でしょうか？」

『そう。他に売れるアイテムがあれば私が買うのも同様。あまりレア度にそぐわない値段は付けたくないんだけどね』

「それは何かしらペナルティが有り得るって事ですか？」

『実際にベータ版であった事なのよね』

そういう事か。まあ互いに利益のある話だし、無下に断る理由も無い。


「じゃあ売れるアイテムを出しますね」

背負袋と《アイテム・ボックス》の中から売れそうな物を並べていった。少し面倒ではあるが【鑑定】は全部にしておいた。いくつか品質で一段落ちるものが混じっていたりしていた。やはり確認はしておくべきだね！

出したアイテムを羅列するとこんな感じだ。

【素材アイテム】
蝙蝠の牙　原料　品質C+　レア度2　重量0+
ハンターバットの牙。やや平たいナイフ状で切れ味が鋭い。毒はない。

【素材アイテム】
野兎の角　原料　品質C-　レア度1　重量0+
ホーンラビットの角。先端は鋭く尖っている。

【素材アイテム】
縞野兎の肉　原料　品質C-　レア度3　重量1
ホーンドラビットの肉。野生の力が宿る肉だがこのままでは硬くて歯が立たない。

【素材アイテム】
縞野兎の角　原料　品質B-　レア度4　重量0+
ホーンドラビットの角。先端は鋭く角そのものは反っている。

【素材アイテム】
邪蟻の針　原料　品質C　レア度1　重量0+
イビルアントの針。先端が鋭く非常に軽い。

【素材アイテム】
草原鷹の翼　原料　品質C-　レア度1　重量1
ステップホークの翼。一般的には矢羽根に加工されている素材。

【素材アイテム】
銀鶏の翼　原料　品質D+　レア度1　重量1
暴れギンケイ(メス)の翼。一般的には矢羽根に加工されている素材。

【素材アイテム】
雪猿の皮　原料　品質C　レア度3　重量2
スノーエイプの皮。毛深く分厚い。

【素材アイテム】
雪猿の骨　原料　品質C　レア度3　重量0+
スノーエイプの骨。軽くて丈夫。

『ちょっとこれって！』

『みんな待って！　少しの間だけ発言しないで！』

フィーナの一喝に全員が固まった。

『レア度暫定基準で計算しても二千ディネって所だわ』

『おお！　序盤なら大金！』

『最低でよ？　物にもよるけど、欲しがる人なら倍出してもおかしくないわね』

『矢の材料！　蝙蝠の牙と邪蟻の針と野兎の角、あと翼は全部絶対欲しい！』

『情報掲示板にないのは雪猿の骨だけね。さっきの雪猿の皮も、だけど』

『個人的にはお肉が欲しいよー!!』

『ごめん、ちょっと暫く静かに考えさせて』

またもフィーナが沈思黙考に入る。

『ねえキース、貴方《あなた》ってベータ版はやってないのよね？』

「ええ、本サービスからの参加組ですね」

『それで今はソロプレイ、よね？』

「まあパーティを組んでくれる人が中々見つからなくて仕方がなくて」

『この手のネットゲームもやった事はないでしょ』

「ええ、まあ。初めてだと思います」

『誰とでもいいから交流しながら情報を流しておかないと危険だわ』

え？

危険？

『例えばフィールドクリア条件なんかを知っていて何も情報公開しないとしたら。何が起きると思う？』

　えっと。

　ああ！　そうか！

「情報を、そして利益をも独占している。そう見《み》做《な》される可能性があるって事？」

『そう。実際にベータ版でも似たような事はあったし、他のネットゲームでもあるのよ』

　ううむ。

　掲示板とかで情報を流すとか、なんか面倒だなあ。

『序盤でレア度3以上のアイテムはちょっとした価値があるわ。その素材で生産職なら序盤でもレア度4相当の物は作れるし』

『プレイヤーじゃなくても高レベルの生産職NPCならレア度5までいけるかもよー？』

『正直、攻略組だったら垂涎《すいぜん》の的よね』

『この中で一番マズイのは雪猿の骨かしらね。検索しても情報が掲示板に何一つないんだもの』

『しかもベータ版では無かったアイテムよね？』

『そう。実際に武器作製で試してみないと分からないわね。うちのギルドの鍛冶担当の中だけでも奪い合い確定だわ』

『ねえ、少し掲示板にリークしとく？　勿論キースの同意は必要だけど』

『私達がやるのでは意味が半減以下よ』

　女性陣四人の視線を前にオレは固まってしまった。

　そう、ゲーム世界もまた小さな社会であり、誰とも関わらずにはいられないのだと思い知らされた。

　ささやかながら義務を果たさないといけないのかな？　正直、面倒ですけど。

「分かりました、自分でやります」

『ありがと、そうしてくれた方が助かるわ』

『フィーナ、私の方からキースにフレンド申請出しておく』

『サキ姉？』

『仕事を請けるのに確認したいからスクショで素材一覧を保管しとくの。自分の仕事のコレクションなんだし』

『それでなんでフレンド登録なのよ？』

『ミオ、それは納品まで責任を持つ為《ため》よ。お客に送っておけば証明になるでしょ？』

このサキとミオの二人は本物の姉妹のように見えるな。フィーナもそうだが。姉を心配する妹の構図だ。

『私も申請しとく。いいかしら？』


フィーナからも提案されてしまった。

まあ生産職の方々と仲良くしておくのに越したことは無い。何といってもソロプレイの悲しさ、師匠が指摘するように全てを自分だけで出来る訳じゃない。

オレが頷くと早速フレンド申請が来た。

仮想ウィンドウにはちゃんと二人分のデータが来ている。フィーナとサキのものだ。

登録申請を許諾しようとしていたら一名分が増えていた。レイナの分だ。


「え？」

『いやだってさ、質のいい弓素材の供給元は確保しておきたいよね！』

『レイナ、正直過ぎ』

『サキだって似たような事、考えたでしょ？』

そこから先の二人の言い合いはいきなり聞こえ

なくなった。一体何を話しているんだか。

『ウィスパー使ってまで内輪もめしないの！　恥ずかしいったら！』

『そんな事より私もフレンド登録する！　食材は欲しいし！』

『ミオは仲間はずれが嫌なだけでしょ？』

フィーナとミオの言い合いもいきなり聞こえなくなった。こういうのも仲が良いと言っていいんだろうか。

結局ミオの分のフレンド登録も併せて四人分、申請を許諾した。

「よし！　内緒話はここまで！　商売商売！」

そこからは何を売るか、幾らで売るかの交渉になった。

結局、魔石以外は売ることにする。縞野兎の肉だけはミオに直接売る事にした。

手持ちの資金は千ディネ以上、増えてしまっている。

「魔石はいずれ装備の修復とかでも使うから持っていた方がいいわ」

フィーナの助言には従っておいて、魔石だけは売らずに手元に残す事にした。いずれ出番がある事だろう。

「装備が出来上がったらスクショを送っておくわ。あと受取りに来る前には連絡をお願い」

「はい」

あとついでにスクリーンショットの使い方を知らなかったので聞くことにした。笑われましたとも、思いっきり。雰囲気を和らげる位には打ち解けた、と思いたい。

そして試写がてら各種アイテムを撮影した。女性陣は四人とも写りたがりってのは良く分かった。

ミオの場合、右斜め上からの角度で撮影しないと不機嫌になるのも把握しておく。良く分からないが、彼女曰《いわ》く非常に大事であるらしい。

服関連の職人についても聞いてみた。彼女達が所属するプレイヤーズギルドにも縫製職人であるファブリックファーマーはいるそうだ。

ただ今日はログインが遅くなるそうなので、この時間に直接紹介は無理なようだ。とりあえず服飾店の場所だけは把握した。


そのまま雑談で時間を潰して彼女らの邪魔をするのも宜《よろ》しくない。ノン《N》・プレイヤー《P》・キャラクター《C》がフィーナの露店に魚を買いに来たタイミングでその場を辞去する事にした。


フィーナ達に教えて貰った服飾店に入店。

適当に二着、綿織物の服を購入して《アイテム・ボックス》に放り込んだ。

ノン《N》・プレイヤー《P》・キャラクター《C》の職人に簡素な服の修繕を頼もうかと思ったが、修繕費で新品が買えそうだったので中止です。

次にサキがイベント絡みで弟子入りしている皮革店も覗いて靴を物色する。

欲しい、と思わせる物はやはり高い。今履いている布の靴は全然傷んでいないのでスルーした。

同じくレイナの所属する工房にも行ってみる。結構大きな工房と店が併設されていた。販売品の棚には魔術師向けの杖、それに弓の在庫はあるようだが、ロッドがまるでない。

矢は棚に置かず、カウンターで受け付けるスタイルになっていた。需要が多いので慎重になっているのだろう。

ロッドはあることはあったが、初心者のロッドがあるだけ。恐らくはプレイヤーに売り払われた代物か。レイナにお任せでロッド製作を頼んどけば良かった！


雑貨店でダッチオーブンにも似た大きさの違う厚手の鍋を三つ購入。マトリョーシカのように重ね入れる事が出来て持ち運びに便利だ。

それに玉杓子《たまじゃくし》二つに漏斗を五つ、計量カップを二種、加えて七輪みたいなコンロに燃料の炭も買う。

大きめのアイテムは《アイテム・ボックス》行きだ。

あっという間に七百ディネ程消えてしまった。

よし。

概ねオレの町での用事は済ませた、と思う。携帯食料もまだ残っている。冒険者ギルドへと戻って師匠を待つ事にした。


冒険者ギルド建物脇の馬留めには師匠のバトルホースが繋がれたままだ。

まだ中で話し込んでいるのかね？

残月とバトルホースが互いにじゃれ合うような様子を眺めて暇を潰す。ヘリックスはまるで置物のようにロッドの先でじっとしていた。

バトルホースの様子が急に慌ただしくなった。

師匠が《アイテム・ボックス》である鞄を引《ひ》き摺《ず》って建物から出てくる。急いで駆け寄って鞄を受取った。

「遅くなったな。早々に薬草採取に向かわんといかん。急ぐぞ」

「はい」

オレがバトルホースに鞄を載せると、師匠は早速手綱を手に取り門に向かって歩き出す。オレもまた残月の手綱を引いて付いていった。

「少し急ぐのでな、魔物狩りはなるべく避けるようにな」

「はい」

町の門を抜けて騎乗すると師匠が先行して草原を疾駆していく。ちょっとだけ走る速度を上げていたので、付いて行くのが大変でした。

補助スキルの【馬術】があるといっても取得したばかりだ。加減して欲しいものです。

フィジカルエンチャント・アクアで器用値を底上げしてなんとかした。

向かった方向は師匠の家がある西ではないようだ。明らかに南へと向かっている。

その意図は？

どうも方向はどうでも良く、周囲の目を避ける為だったようだ。人目が無くなった所でバトルホースから降りてしまう。

「お前さんも馬は帰還させるんじゃ。ここからはロック鳥で行くんでな」

「はい」

「はい」

確かに馬をロック鳥に乗せるのは無理がありそうだ。残月の馬装具を外して借りている《アイテム・ボックス》に仕舞《しま》い込む。

師匠は早速呪文を唱えていた。

「インビジブル・ブラインド！」

え？

召喚魔法ではなかった。

「あまり他の人間に見られては面倒なんでな、念の為じゃ」

「そんな呪文もあるんですね」

「うむ。光魔法でな、幻惑効果がある」

光学迷彩ですね、分かります。

どうやら師匠は召喚魔法の他に光魔法、水魔法、土魔法を取得しているようだ。

他にも幾つか取得していておかしくはない。

師匠の技能の引出しはどこまであるんだろう？

「おおそうじゃ、お前さんも狼は召喚しておけ。楽などしとっては成長は望めんからの」

「はい」

師匠のスパルタ体質は分かっていました。

オレも召喚魔法でヴォルフを召喚する。師匠は例のロック鳥だ。召喚するモンスターの大きさには天と地ほどの差があるのには改めて驚かされた。

「では急ぐぞ」

ロック鳥によじ登ると早速空高く飛び上がって行く。同時に寒さに耐える旅程が始まった。

今回は太陽の位置で向かっている方位は把握出来た。レムトの町から見て北西方向だ。

それにしても今日は昨日よりも寒い！　どうやら師匠、高度は昨日より高く移動速度も速くしているようだ。オレの様子を見て大丈夫と踏んだからなのだろう。

【耐寒】は取得したばかりなんですけど。

《これまでの行動経験で【耐寒】がレベルアップしました！》

早速、レベルアップだ。

あまり嬉しくないのは何故？

一方で狼であるヴォルフ、鷹であるヘリックスは平気なようです。モコモコじゃないのはオレだけだ。

《フレンド登録者からメッセージがあります》

『製作開始。出来上がりを楽しみにしててね』

誰かと思えばサキからだった。

添付されたスクショは素材を並べた机を背景に自分撮りしているものです。

うん。

サキさん綺麗《きれい》に撮れてます！

美人さんは得だな。でも出来れば仕事を優先でお願いしたい。

『情報掲示板のうち、書き込みするにも情報収集するにも外せない所を送っておきます。見ておいてね』

ツッコミを入れてたらフィーナからもメッセージが届いていた。これは有難い。

メッセージの右上に『しおり』を付けて保存しておく。後で見て回ってスノーエイプの情報でも書き込もう。

レイナとミオからもメッセージが来た。

ここに来てメッセージの集中砲火ですか？　まずはレイナのメッセージからだな。

『蝙蝠の牙で試作した矢が出来ました！　【鑑定】結果を送っておくね！　矢羽根の試作品も出来たら教えるよ！』

添付されたスクショには矢を持っているレイナが写っている。もう一枚は【鑑定】結果を示した仮想ウィンドウのハードコピーだった。

**【武器アイテム:矢】**
蝙蝠牙の矢　品質C+　レア度2　AP6　破壊力1　重量0+　耐久値60　射程+10%
蝙蝠の牙を矢尻に用いた矢。
矢尻形状の影響で威力と射程に優れる矢となった。

ほう。

矢尻だけで攻撃力だけでなく射程も伸びたのか。確かにあの形状は空気を切り裂くような流線型に近い。

じゃあ次はミオの方のメッセージだ。

『縞野兎の肉でつくねを作った。苦労したけど後悔はしていない。次に来たら食べてね！』

例の角度でつくねを手に持って自分撮りしているんだが、肝心の料理の出来にはコメントがない。オレにどうしろと？

つくねか。奢《おご》ってくれるんだろうか？　オレに売りつけるような気もする。

ロック鳥が舞い降りた場所は昨日とはまた別の場所らしい。ただ風景の雰囲気は似ている。植生も同様であった。

「昨日とは違う場所ですね」

「山を一つ越えただけじゃ。同じ場所で大量に採取し過ぎるのは良くないのでな」

「成程」

早速師匠は呪文を唱えてオートマトンを二体召喚した。ロック鳥もどこかへと飛び去ってしまう。師匠が続いて麻袋も取り出したので受取ろうとしたけど渡そうとしません。

「お前さんには先に済ませて貰いたい事があったの」

「え？」

「昨日と同じ魔物、同じ位の強さの相手にしておくから安心せい」

薬草の採取はいいんですか？

先に魔物と戦闘させる気ですか？

しかも昨日と同じくスノーエイプ相手に？

安心ってどこが安心なんですか？


色々と心の中でツッコミを入れたが、口にできない弟子の立場よ。

ままよ！　その挑戦、受けますよ？


「条件は昨日と同じじゃ」

「分かりました」


さて。

ボーナスポイントは今日の依頼達成で少し余裕がある。

先刻、ヴォルフを召喚したからＭＰが相応に減っていた。でもやや間があったから多少は回復している。しかし当然だが全回復には程遠い。

魔法は当然併用するにしてもフォース・バレットを連発するのは厳しい。接近戦で有利になるようにスキルを取得した方がいい。

悩む時間はない。

ここは度胸一発、覚悟を決めないといけない場面だ。

武器スキルの【関節技】をボーナスポイント2を支払い取得。

防御スキルの【回避】【受け】をそれぞれボーナスポイント1を支払い取得。

すぐに有効化した。


既に昨日も見た猿が近寄っている。おおそうだ、こいつのスクショも撮っておこうか。

スノーエイプ　レベル4
魔物　討伐対象　アクティブ・誘導

うん。

確かに昨日戦った奴と同じレベルか？　だが今日のオレは昨日のオレよりもちょっとだけ強い。でもちょっとだけだ。

呪文リストを新たに小さく展開した仮想ウィンドウに呼び出し、戦闘に備える。教えて貰った細かなテクだが少しは役に立つだろう。

どうせこの猿の方が圧倒的に速い。最初に選択する呪文も決めてある。初心者のロッドを下段に構えて迎撃態勢をとる。

さあ来い！

スノーエイプの頭上の赤いマーカーが点滅し始める。

重なるように小さなマーカーがあって、この魔物が師匠により誘導されている事を示していた。

最初はどう攻撃してくるのか？

だが猿は威嚇するように奇声を上げながらこっちを見定めるかのように周囲を回り始めた。

時々ジャンプもしている。

舐《な》められてる？

最初の呪文は小声で自動詠唱されて完成する。

「フィジカルエンチャント・アース！」

すぐに次の呪文を選択して実行。

その呪文詠唱が完成したと同時に猿はこっちに突っ込んできた。

「フィジカルエンチャント・アクア！」

間合いが一気に詰められる。

呪文はどうにか間に合っていた。
オレの頭上へと跳躍する猿。
その猿の喉元にロッドで突きを放った。
だが猿はロッドの先端を右手で簡単に払ってしまう。
よくもまぁ簡単にこっちの攻撃が無力化されちゃうもんだな！
また頭上を襲って来る猿。
地面に前転して攻撃を避け同時に振り向いた、筈だった。
こっちが攻撃のため構えようとしてるってのに、猿は無理な体勢のまま腕を振り回す！
ロッドを斜めにして受けに回る。
いい感じで受けきった。
上手《うま》くいった？
そう思ってたら体の軸がズレたんですけど！
まともに格闘して勝てる相手じゃないです、師匠！
「フィジカルエンチャント・ウィンド！」
敏捷値を底上げしてみた所で追いつかないだろうが、使っておく。
呪文を唱えている間にも無理な体勢から攻撃してくる猿だが。
なんか昨日戦った奴とはまた攻撃のパターンが違うよね？
猿の動きが変わった。
オレからロッドを奪いたいのか、ロッドを摑《つか》み取《と》ろうとする動きを見せる。
呪文詠唱を開始。
猿の腹を目掛けてロッドを突く。
その先端は猿の腹に食い込み、同時に猿がロッドを両手で掴み取った。
猿が嗤《わら》った。
歯茎まで剝《む》き出《だ》しだ！
「フォース・バレット！」
オレは猿の顎に右手の掌底を当て、そのまま呪文を撃ち込んでいた。
ロッドからは手を放して、である。
猿の動きが一瞬、止まる。
右手首を捻《ひね》り上げてそのまま猿の脇を巻き込むように動く。
猿もその動きに抵抗するように動いて来る。
その動きを利用した。
ロックした右手首を逆方向に捻り上げ、猿の足を蹴り上げた。
そのまま猿の勢いを殺さずに投げ飛ばす。

投げ飛ばされた猿は怒りの咆哮《ほうこう》を上げて威嚇してくる。
そのまま噛み付こうと跳び上がった。
だから速いって！
回避したつもりが掠《かす》っていた。
左手には痛み。
本当に【回避】スキルは効いてるのか？
ＨＰバーの減り具合を気にせず猿の着地の瞬間を狙う。
低空タックル。
昨日、猿にやられた奴だ！
だが猿の奴、体格はオレより一回り小さいクセにフィジカルが強い。
オレの顔に向けて噛み付いてきやがる！
猿の足元の地面に向けて一回転、足首を右脇に抱えたままでだ。

その回転の勢いで立ち上がると同時に猿の足を上空に向けて引き上げる。

猿を仰向けに転がすことに成功。

起き上がろうとするのを放置、オレは猿の右足首を左脇に抱えなおしてその爪先を脇の下にロックする。

踵《かかと》を腕全体で引っ掛けて捻り上げた。

ヒール・ホールド。

このスノーエイプは人間の骨格に似ている。

大きく違うのは全体的な体格が小さく尻尾があるのと腕が長い事だ。

だからこそ関節技も極《き》め易い。

オレは右足で猿の左脚の膝を踏みつけて、ヒール・ホールドのロックをより極め易くした。

後は締め上げるだけだ。


今まで練習で関節を加減して極める事はあった。

でも実際に折った事は無い。

これが初めての体験になったようだ。

猿の股関節、膝関節《しつかんせつ》、そして足首を破壊した。

イヤな音と奇妙な感触が全身に走る。

肉を骨ごと引き千切る手応え。

明らかにフィジカルで上回る魔物相手にだ。

背中を電流が走るような高揚感があった。

一瞬、暴力的な感情に酔う。


「ゲハッ！」

猿の絶叫は凄《すさ》まじい音量で響いていた。

口を大きく開けて隙だらけになった所で咽喉に爪先で蹴りを撃ち込む。

猿が両手をバタバタと振り回すたびにオレの足に擦過傷が生じる。

体重の乗ってない打撃の筈なんだが骨に響く。

いつの間にかＨＰバーが三割程、削られてるし。

今度は猿の腕が振り切れた瞬間を狙う。

右脇をすりぬけてバックを取る動きで猿の動きを誘導する。

こちらの思い通りになるか？

回転しながらオレの後頭部に左手を真横に薙《な》いで来るか。

振り返って噛み付きに来るか。

そのどっちでも構わない。

右脚が破壊してある、その影響があるのなら有難い。

猿は左手を振り回してきた。

間一髪、またも猿の左脇をすり抜ける。

今度の狙いは猿の左脚だ。

左足首あたりをオレの左膝裏で抱えてロックする。

右足で猿の左膝裏を思い切り蹴った。

前のめりになって猿が簡単に転がる。

猿の左脚をそのまま畳んで脚と腹に体重を乗せて背中に抱きついた。

頭突きを首元の後ろから見舞ってみたが一回で止めた。

痛過ぎ！

オレの体の下で猿は暴れるが、右脚は破壊され、左脚はオレの体重そのものでロックされている。

そして背後にいるオレを攻撃する術は猿にはない。

詰んだ。

残るは息の根を止めるだけです。

肩叩《かたたた》きの要領で猿の後頭部を叩く。

拳を作った場合、小指側の側面はただ柔らかいだけではない。
手を振り回して最も衝撃を与えられる部位になる。
だからこそ子供でも肩叩きで肩こりをほぐす事が出来るのだ。

掌底でも猿の後頭部を叩く。
衝撃で地面との間に挟まれてダメージが蓄積するよう押し付けながらだ。
追撃で呪文も併用、フォース・バレットも至近距離で頭に直接叩き込んでやる。
ＭＰが許す限り撃ち込んでやった。
それだけやっても倒しきれないとか、このお猿さんはどんだけＨＰがあるんだか！
でも確実に抵抗する力は弱まっていった。

結局、倒しきるのには戦闘開始から三十分程だったようだ。
サキに小技として教わっていたタイムスタンプを使いこなした成果だ。
三十分もかかっていたのか。もっと短いと思ってました。

《只今《ただいま》の戦闘勝利で【打撃】がレベルアップしました！》
《只今の戦闘勝利で【土魔法】がレベルアップしました！》
《只今の戦闘勝利で【水魔法】がレベルアップしました！》
《只今の戦闘勝利で【連携】がレベルアップしました！》
《只今の戦闘勝利で【識別】がレベルアップしました！》

《只今の戦闘勝利で【掴み】がレベルアップしました！》

《取得が可能な武器スキルに【投げ技】が追加されます》

色々とレベルアップしたようだ。

経験値的には美味しいのかもしれないが、毎回これではいつか命を落とす事になるだろう。圧倒的に勝てた、とも思えない。

関節を極めて押さえ込んでいた間、猿が下で暴れるだけでダメージが蓄積していた。消耗も進んでHPバーの残りは三割を少し超える程度、MPバーは一割程度って所だ。

「しかしお前さんは奇妙な戦い方をしよるの」

師匠はそう言いながらも笑っている。いや、まともに戦っても勝ち目ありませんから！

昨日と同様、HPだけはアース・ヒールで回復して貰えた。オレのHPバーは一瞬で全快に。

昨日の戦いでボロボロになっていた簡素な服は、更にボロボロだ！

おっと、忘れてはいけない。猿の死体に剝ぎ取りナイフを突き立ててアイテム回収もしておく。

雪猿の皮、雪猿の骨を確保出来たみたいだ。

但し骨の方は二本拾った。大腿骨《だいたいこつ》の部分なのだろうから二本拾ってもおかしくはないとは思う。

スクリーンショットで【鑑定】結果を表示する仮想ウィンドウをハードコピーし、過去ログを漁《あさ》ってみる。これも教わった小技だ。昨日と同じドロップ品で間違いないようだ。

それにしてもまたギリギリの勝利だな！

「よし、次はお前さんも傷塞草の採取じゃ。最低でも麻袋一つは満杯にして貰おうかの」

師匠。

容赦ないですね師匠。

ヴォルフとヘリックスは師匠の両隣で静かに佇んでいた。彼等《ら》がスコップを持てたら手伝って欲しい所だが、それは無理な注文なのでした。


軍手を着けスコップを持ち麻袋を抱えて傷塞草を根元から掘り起こす。この作業も二日目、慣れてきたように思える。

注意すべき点がある。今後も採取する事を考慮し、群生する傷塞草を適当に間引くようにして採取するのだ。実に配慮の行き届いた紳士にも通じる行いである。

そう。

このような美しい仕事を完遂するために艱難辛《かんなんしん》苦《く》を乗り越えて様々なスキルを取得してきたのだ。


見るがいい、この戦果を！

麻袋一袋如《ご》き《と》、一時間で満杯にするのなど朝飯前！　それに傷塞草と苦悶《くもん》草を見分ける術をも会得した！


コツは剣道における見切りと同じだ。

相手を正面から見据える。但し、細かく観察するように見るのではない。

相手の姿の全体を視野に入れるように見る。そして凝視する事もしない。

木を見て森を見るが如く。

森を見て木を見るが如く。

ほんの僅かな異変も見逃すなかれ。

苦悶草は、お前だッ！


まあ大抵は外れてる訳だが。一種独特なナチュラル・ハイに自己誘導を行いながら黙々と作業を進めて行く。

師匠といえどオレの脳内で何が行われているか、知ることは出来まい。単純作業を延々と続けていると、どうしても気分は緩むしミスだって起きる。必要だからやっているのだ。工夫なのだ。

本当は退屈して飽きてしまうから、というのは絶対に秘密だ。

たとえ傍目《はため》から見たら危ない薬でもキメているように見えているのだとしても構わない。自分を偽るのって大変です。こういう楽しみ方があってもいいじゃないの！


さて。

そんなオレの努力も虚《むな》しく、二体のオートマトンの戦果はオレのほぼ倍の効率なのであった。

クソッ、こういう仕事だと機械相手に勝ち目はないのか。


「おお、そろそろ一旦切り上げて昼飯にするとしよう」

師匠のその一声でオートマトン二体もその動きを止める。いや、君達は物理的にメシは食えませんから！

ヴォルフとヘリックスも師匠の声に反応している。いや、正確には上空より舞い降りるものに反応していたようだ。ロック鳥は何やら脚で捕まえてこちらに迫ってきている。

今度は一体何を狩ってきたのか。

【識別】してみる。

ハンターベア　？？？
魔物　討伐対象　死体

またなんか不穏な名前の巨大熊をこの巨大鳥は片脚だけで持ってきている。
ハンターがハントされてました。ロック鳥は一体どれ程の戦力なんだ？
その熊の大きさは動物園で見たことがあるホッキョクグマの成獣を楽に上回っている。
師匠が嬉しそうにナイフで何かを剝ぎ取っている。毛皮と肉塊が二つだ。
「これがワシの好物でな」
手で触ってみると実に柔らかそうな肉、というか熊の手首丸ごとじゃないか、これ？

**【素材アイテム】**
狩人熊の掌　原料　品質B-　レア度5　重量1
ハンターベアの掌肉。柔らかく味も良いので高値で取引される逸品。

**【素材アイテム】**
狩人熊の肉　原料　品質C　レア度3　重量5
ハンターベアの肉。独特の臭みはあるが滋養に富んでいる。

**【素材アイテム】**
狩人熊の毛皮　原料　品質C　レア度3　重量3
ハンターベアの毛皮。毛深く保温効果はそこそこ。皮は厚く加工するのに苦労しそうだ。

掌肉はなんか見た事がないレア度なんですが。

師匠が新たに召喚魔法を唱えるとまた人形が増えていた。メタルスキンにもオートマトンにも似た容姿。だがその表面は明らかにメタルスキンよりも輝いている。

シルバースキン　？？？
召喚モンスター　？？？

これまた謎な人形タイプの召喚モンスターだ。

しかし、何をさせるために召喚したんだろうか？

するとシルバースキンは師匠の《アイテム・ボックス》から様々な器具を取り出していった。

調理道具だ。

狩人熊の肉の骨を外して包丁でスライス、表裏に包丁で筋目を入れて塩胡椒《こしょう》に何やら茶色のハーブらしき粉を振った。そのまま網焼きにしている。

肉、血抜きしてないのに豪快だな。

狩人熊の掌は毛を取り除くと、師匠が用意した水で蒸し始めた。なんか異様に手際がいい。さては師匠、普段からこういったアウトドア料理をやらせているのか？


「苦悶草じゃがな、熱をじっくり通せばちゃんと食える。中々美味《うま》いんじゃよ」

シルバースキンは狩人熊の肉から外した骨でスープをとり、それに適当に刻んだ苦悶草を煮込んでいくようである。

いつ用意したのか、パンとチーズもちゃんとあった。

思いもかけずちゃんとした昼食を摂《と》る。師匠の言うとおり、料理として出た苦悶草はちゃんと食えた。

【鑑定】で料理情報を見ることが出来るんだが。

【食料アイテム】
狩人熊の肉のステーキ　満腹度+15%　品質C-　レア度3　重量1　筋力値上昇[微]　持続効果約1時間
ハンターベアの肉をシンプルに塩胡椒とナツメグでステーキにした料理。

【食料アイテム】
狩人熊の掌の清湯蒸し煮　満腹度+10%　品質B-　レア度5　重量1　知力値上昇[微]　持続効果約2時間
狩人熊の掌を薄い出汁に浸し蒸し煮にした料理。
珍味とされる狩人熊の掌の料理方法としては最も一般的。

【食料アイテム】
苦悶草の狩人熊スープ煮込み　満腹度+30%　品質C　レア度3　重量1
狩人熊の骨でとったスープで苦悶草を煮た料理。腹持ちが良いのが特徴。

奇妙な効果が付いちゃってるじゃないの。

食料アイテム扱いだけど、料理でこういった効果も狙えるのか。

狩人熊の掌の料理の効果は魔術師系なら誰もが欲しがるだろうな。一応全部、スクリーンショットで撮って保存しておこう。


それにしても満腹度高いな！

ステーキにパンとチーズ、それにスープまで食うとかなり満足出来た。

狩人熊の掌の方は一口だけ味見させて貰った。

うん、旨い。どこがどう旨いと言うべきか、適切な言葉が出ないのがもどかしい。確実に言える事は肉が非常に柔らかくて食べ易い。師匠はそのあたりが気に入っているのだろう。

ヴォルフはスープの出汁に使った骨を、ヘリックスは熊肉の欠片《かけら》を生のまま師匠から貰っていた。

一応確認だけど、君達の主人はオレだから忘れないでね？


食事の後片付けは全てシルバースキンが済ませてしまった。

オレが手伝う暇も無い。何というか、作業に澱《よど》みがなく正確で素早い。

オートマトンは恐らくウッドパペットの上位置換っぽい召喚モンスターなんだがシルバースキンは更にその上かもな。

師匠がシルバースキンを帰還させた。いや、オートマトン二体も同時に帰還させたようだ。

確かに麻袋五つが満杯で昨日と同じだけの量を確保している。じゃあ後は師匠の家に戻ってポーション作製だな。


「採取は終わりですか？」

「うむ」

「では次はポーション作製ですね」

「うん？　まだ用事があるんじゃが」

はい？

えっと。

師匠、その顔はやめて！

「もう一戦、いってみるかの。今度は最初から素手でやってみるかな？」

現状ですが、ＨＰバーはフルではあるもののＭＰバーは七割をやや欠いた状態。確かにスキルのいくつかはレベルアップしてるが、これ以上弟子に綱渡りをやらせますか？

「大丈夫、危うくなったらちゃんと助けるとも。そら、心の準備をしておけ」

オレが答えるのを待たずに呪文を唱え始める師匠。

厳しいです。

これも愛の鞭なんですかね？　それとも虐待でしょうか？


「コール・モンスター！」

そして暫く時間が過ぎると、オレの相手がやってきた。

森の方向から迫ってきたのはまたもスノーエイプだ。ゆっくりとこちらに迫ってくる猿だが、今までと何かが違う。

手に何か持っていた。

骨の柄の先端には石を括《くく》り付けている。

石斧《せきふ》、だよね。

嫌な予感がして【識別】してみる。

スノーエイプ　レベル5
魔物　討伐対象　アクティブ・誘導

レベルがさっきのより上ですけど師匠！

「この魔物ですがさっきのより確実に強くなってる気がします」

「そうかの？　間違えてしもうたかもしれんな。まあ一戦してみることじゃな」

師匠、絶対にわざとやってますよね？

少し泣きたくなってきた。


結果を先に言えば惨敗。

戦闘開始一分もかからず師匠が介入、スノーエイプは師匠の魔法一発で葬られた。

その呪文が何だったのか、目を凝らしても何も分からなかった。ステータス異常でスキルは軒並み使えず、視野は全て曇りガラス越しのような有様だったのだ。


油断していた筈もない。

元々レベル4でも強敵だったのだ。

寧《むし》ろ慎重に事を運んでいた筈。


この猿は一つレベルが上がっただけだ。

武器を一つ持っていただけだ。

そう自分に言い聞かせてはいたが、はっきり言って同じ猿とは思えない程の差があったように思える。

最初の一撃は回避出来た。意表を突かれたのはその次。手に持っていた石斧を投げてきたのだ！

石斧そのものは避けたが、一緒に突っ込んできた猿のタックルは避けられなかった。

直撃ではなかったのにＨＰバーは七割程、一気に減ったと思う。

酩酊《めいてい》にも似た症状がオレを襲っていた。後でクリティカル・ヒットによる状態異常発生の説明を読んだ。物理ダメージの一撃でＨＰの半分以上を削られた場合、状態異常のペナルティが起きる可能性があるようだ。

オレに起きたのは意識朦朧《もうろう》の状態らしい。各ステータスもそれぞれが一時的に低下するペナルティがあるようだ。

魔法なりポーションなりで回復すれば、精神力レジスト判定に成功すると状態異常は回復する仕様になっている。

だがそれもステータス異常を解消できる訳では

ないようだ。

一番酷い状態は気絶で、精神力でレジスト判定するのにすらマイナス補正が付く。

一番軽いものは眩暈《めまい》であり、これは行動は出来るがスキル依存行動の全てにマイナス補正が付くようだ。マイナス補正も長時間に亘《わた》って影響するようだから大変だ！


大きなダメージは喰《く》らうと大変って事だな。身を以《も》って体験しました、痛覚込みで。リアルに吐きそうです、師匠！


「良いかな？　もしお前さんが戦えなくなったら召喚したモンスターもまた無力じゃ。意味は分かるじゃろ？」

分かります、師匠。召喚主が先に倒れたら意味がありませんよね。


確かに召喚モンスターを前衛に、サモナーは基本後衛に位置するのが最も合理的です。でも今のスタイルを変える気はありませんから。


「それを理解した上で為《な》すべき事を為せば良い。手がない訳でもないじゃろ」

師匠、何かを教えるにしても実地じゃなきゃダメなんですか。


「無理に喋《しゃべ》ろうとせんでええ。暫く休んでおれ」

師匠はスノーエイプに剝ぎ取りナイフを突き立てた。何かを剝ぎ取ったようだがよく見えない。

「皮は研究材料にワシが貰うぞ。骨と石斧はお前さんの物でええじゃろ」

目の前にヴォルフが見える。このまま眠り込みたい所だが、意識を手放してなるものか。それは自動的にヴォルフとヘリックスを帰還させてしまう事を意味する。

「強情じゃな、まあそれもええじゃろ」

師匠のロック鳥の背中にはなんとか自力でよじ登った。そう、この敗北も前向きに考えよう。死に戻りしなかったのだ、と。

師匠の家への帰路は穏やかだった。

いや、ロック鳥の飛ぶ高度は低めで速度も抑えめではあるが、寒くなかった訳ではない。ヴォルフが暖房代わりに寄り添ってくれたので助かった。

移動時間を利用して自分の状況でも確認しておこうか。

**基礎ステータス**

| | |
|---|---|
| 器用値 | 15(-9) |
| 敏捷値 | 15(-9) |
| 知力値 | 18(-11) |
| 筋力値 | 14(-8) |
| 生命力 | 15(-9) |
| 精神力 | 19(-11) |

酷くやられたものだ。概ねステータス値は四割相当にまで低下って所だろう。これでは冒険どころではない。
今は出来る事からしておこうか。師匠が譲ってくれたドロップ品の確認をしよう。

**【素材アイテム】**

雪猿の骨　原料　品質C　レア度3　重量0+

スノーエイプの骨。軽くて丈夫。

**【武器アイテム：手斧】**

野猿の石斧　品質D-　レア度3　AP+3　破壊力3　重量3　耐久値90　投擲可、射程10

雪猿の骨に斧形状の石を括り付けただけの斧。
手斧サイズで投擲もできる。

スクリーンショットだけは撮っておいて《アイテム・ボックス》に保管しておく。次だ。フィーナさんに教えて貰った掲示板アドレスを開いて書き込みだ。既に書き込んである内容をじっくり読む気にはなれない。なんとか気分を奮い立たせて情報の書き込みだけでもしておこう。

師匠の家に到着した時にはステータス低下のペナルティもかなり緩和されてきていた。タイムスタンプを確認したら二十分でこんな感じになっていた。

**基礎ステータス**

| | |
|---|---|
| 器用値 | 15(-4) |
| 敏捷値 | 15(-4) |
| 知力値 | 18(-7) |
| 筋力値 | 14(-4) |
| 生命力 | 15(-4) |
| 精神力 | 19(-6) |

まだステータス値は七割相当か。半分は回復してるって事だ。それでも冒険をするにはまだ十分じゃない。

師匠の手伝いをやる位なら問題ないよね？

一旦、家の二階でボロボロになった服を購入した綿の服に着替えておいた。改めて見ると、ダメージを受けた服は修繕するのが不可能に思える程の有様だ。

鎧《よろい》なりを重ねて装備していたらアンダーウェアとして十分に長持ちしてただろうに。

もうこれは捨てるしかない。そうでなければ雑巾にしかなるまい。

地下の作業室にヴォルフとヘリックスを従えて降りて行くと、師匠はメタルスキンと先に作業を進めていた。

「いや、無理する事はないんじゃがなあ」

「瓶に入れる位なら問題ないですから」

師匠は相変わらず錬金術を行使し、凄い勢いでポーション作製を進めて行く。

オレはと言えば、瓶を並べてはポーション液を漏斗と玉杓子で次々と入れ、《アイテム・ボックス》に入れていく。

素早く、ミスなく、正確に。

一回だけミスしかけて瓶同士をぶつけてしまったが問題無し。

レイナからメッセージが来たのに気を取られたからだが、これを読むのは後回しだな。

作業中だし。

ポーションを四百本分、作製し終えた所で師匠が作製の手を止めた。まだ傷塞草は麻袋にして一袋以上余っている。

「そろそろ体調はどうかな？」

言われて気がついたが、ステータス低下ペナルティは完全になくなっていた。

「はい、大丈夫みたいです」

「うむ。ではワシは下で籠《こ》もる。そこの傷塞草、それにこの作業場と器具は自由に使ってええぞ」

「分かりました、ありがとうございます」

「お前さんが作ってギルドに納品するポーションはこの《アイテム・ボックス》に入れておくようにな」

そう言うとまた別の《アイテム・ボックス》を渡された。その《アイテム・ボックス》は肩掛け鞄で外見は布製の年季の入った代物だ。

師匠、一体幾つの《アイテム・ボックス》を持ってるんだ？　謎過ぎる。

師匠のお許しもあった事だし、オレ自身が受けた冒険者ギルドの依頼を果たそうかと思う。

ＭＰバーは全快には程遠く半分といった所だ。【錬金術】はもう少し自然回復してから使おう。当面は水生成にだけＭＰを使うべきだ。

作製は昨日の手順を仮想ウィンドウに提示しながら進めていく。

とりあえず依頼数三十本分の空き瓶を机の上に並べておいた。

最初は傷塞草を一本使ってポーション二本分を作製する。

完成したポーションは二本とも品質はＣだ。

オッケー、問題ない。

今度は傷塞草を二本使ってポーション四本分を作製する。やはり問題はない。手順を確認しながら進めているのだから当たり前だ。


同じ作業を繰り返そうとした所である疑問がオレの中で生じた。ポーションの作製手順だ。


傷塞草を乳鉢で擂《す》り潰《つぶ》す。

水で溶いて成分を抽出する。

固形物を濾紙《ろし》で濾《こ》し取る。

抽出液を熱して5分ほど沸騰させる。

常温に冷ます。

液体をギルド指定の瓶に入れる。


お茶などでは、その成分を抽出するのには普通はお湯を使用する。水出しでお茶を淹《い》れる事もない訳じゃないが、その場合は茶葉をより細かくしないと抽出効率は悪い。

なんでわざわざ水で抽出してから熱するのか。


擂り潰した傷塞草をお湯に入れて抽出するのは何故ダメなのか。何故だ。何か阻害する要因でもあるのか?

論理的に考えると、水で抽出しなくてはいけない理由、その後に熱を加える理由が必要だ。そして抽出後の固形物を使って回復丸が出来るのもおかしい。濃縮するとはいえ、抽出後の固形物に回復効果が残っている事を示唆している。

うん。

検証してみるのもいいな。


でもその前に依頼分のポーションを作製してし

まわねば。検証はその後でいい。

夢中になると他の事に気が回らなくなる、それがオレの悪い癖なのであった。自重しないといけない。

《これまでの行動経験で【薬師】がレベルアップしました！》

ポーションの作製作業の途中で【薬師】がレベルアップした。その後に作製するポーションの品質が向上でもするかと思ったが、そんな事もなかった。

ギルド依頼分の三十本を作り終えた時点で品質C+が一本、他が全部品質Cで出来上がっている。

あまり代わり映えがしない。こうして自分でやってみるとやはり師匠の腕前は異様だ。品質を安定させて生産するのが非常に難しい。

おっと、そうだ。

品質C+は冒険者ギルドに納品するのは避けないといけない。不足分は別に作らないと！

つまり素材も時間も余分にかけてしまう事になる。

時間は即《すなわ》ち人件費と考えたら立派にコストアップ要因だ。

品質Cを狙って百発百中で品質Cを実現する。ちょっと挑戦してみたい。


テンポ良くポーション作製が進んでいる。余分だけどもう少し作ってみよう。

なかなかスムースに作業出来た所で最新のポー

ション作製作業を別枠で記憶させた。思い切ってポーション四本を短縮再現で作ってみる。

四本とも品質Cで作製できた。

ＭＰの減りはやや大きいものの、昨日ほど消費していなかった。僅かに腕が上がったたって事かね？

《これまでの行動経験で【錬金術】がレベルアップしました！》

【錬金術】もレベルアップしたようだ。

よし、次の段階に進んでみよう。

傷塞草三本でポーション六本を作製しよう。

作業工程で最も注意すべきなのは最初の工程で傷塞草を乳鉢で擂り潰す作業だ。量が増える分、均質に細かくするのが難しくなる。

どうしたらいい？

念入りに擂り潰す。それしかない。手先の感触で潰しきれていない所を感じ取りながら、微妙に力加減を変えて行く。指先に神経を集中させるように、念入りに作業する。

地味だけどこれが確実だろう。

ふと思いついた。この作業はオレのどのステータスが基準になって品質が決まっているのか？

作業そのものは確かにプレイヤーズスキルによるものとしか思えないのだが。作製したポーションの品質には器用度が関わっているのが自然、だよね？

とりあえず今までと同様の作業工程を経てポーション六本を作製した。

品質C-が二本、混じってしまっている。

むう。

やや不満を残しながらも先程の仮定を元に試してみよう。

仮想ウィンドウに表示された呪文リストから器用度を一時的に上昇させる呪文を選択する。そして実行。

呪文詠唱は自動で完成した。

「フィジカルエンチャント・アクア！」

ここでステータス画面も確認しておく。

| | |
|---|---|
| 器用値 | 15(+3) |
| 敏捷値 | 15 |
| 知力値 | 18 |
| 筋力値 | 14 |
| 生命力 | 15 |
| 精神力 | 19 |

フィジカルエンチャント・アクアで器用値に加算されている。これで結果にどう影響するだろうか？　本来であれば、サンプルとして試作数を増やして統計をとらなければ断言は出来ない。しかし今は自分なりの手応えで判断するしかない。

それに時間を無駄に経過させるのも良くない。呪文の効果は約十五分しかないのだ。

ここでフィーナさんに教えてもらった小技を使ってみる。仮想ウィンドウを視野の一番上に極細長く表示して有効時間の経過状況をバーにしてやるのだ。視覚で分かりやすい表示だ。

おっと、作業を急ごう。

動きに無駄が出ないよう、正確に、慌てず騒がず、それでいて素早くポーション六本を作製する。作製し終えた時には額に汗が浮いていた。

ポーションは六本とも品質Cである。

うん、もっと細かく念入りに擂り潰し作業をするのであれば、狙って品質C+も出来そうな気がしていた。そしてインフォが脳内に鳴り響いた。

《これまでの行動経験で取得が可能な補助スキルに【精密操作】が追加されます》

うん？

これまでの行動の何かがトリガーになって、取得できるスキルが増えたようだ。

【精密操作】か。必要なボーナスポイントが3、現在オレの持っているボーナスポイントの残りは5だ。

使っちゃおうか？

品質高めのポーションが安定して作製できるようになるのならば十分にそれだけの価値はある。

早速取得して有効化した。

さらにもう一回チャレンジしてみる。フィジカルエンチャント・アクアの効果が切れかかっているのが見えていた。ＭＰは半分もないが、もう何回かを使うのに問題はない。

今度は意識して品質向上を目指す。傷塞草は一本、ポーション二本分で作業を進めた。

手早く、それでいて確実に、丁寧に。これ以上ない程に作業は順調に進んだと思う。その結果を【鑑定】してみたらこうなった。

**【回復アイテム】**

ポーション　HP+11% 回復　品質B-　レア度1　重量1

一般的なポーション。僅かにだがHPが回復する。
飲むとやや苦みが舌先に残ってしまう。
※連続使用不可。クーリングタイムは概ね6分。

二本とも品質B-だった。

品質C+から更に回復量が増え、クーリングタイムも短縮されている。短縮再現用に作業手順は別枠で保存し、【鑑定】結果もハードコピーしておく。

その後は夢中になった。

都合四回、条件を全て変えて試作を進めた。作製する数を増やし、条件は傷塞草を二本、三本とした。作業工程を高速化してわざと手抜きにしてみる。

いずれも予測通りの結果を得た。

断言するにはサンプル数を増やしてみないと分からないが、ある程度は体感出来たと思う。フィジカルエンチャント・アクアと補助スキルの【精密操作】の組み合わせで明確な品質向上効果がある。

面白い。

フィジカルエンチャント・アクアは、戦闘で使って武器攻撃の命中率向上を狙うものだと思っていた。こういった使い方も有効とはね。

つまり他の呪文にも同じような事が出来るのかも知れない。まるで使っていない他属性のエンチャントもある事だし。間違いなく光属性の呪文は使っていない。

作製したポーションを品質毎《ごと》に整理しておく。

ポーションは上は品質B-、下は品質Dまで、また増えた。

品質Cは冒険者ギルドに納品してしまえばいいし、他の品質の物はオレが使えばいいだろう。

もうＭＰバーもかなり減ってるし実験はここまでにしておくか。

いや。

まだもっと出来ることがあるんじゃないかな？

今日購入したばかりの計量カップに品質B-のポーションの中身を出した。

数量を確かめて鍋に移す。同量の水を計量カップに量りとって鍋に移す。玉杓子で混ぜて空き瓶に入れて行く。

半分に薄めたらどうなるかの実験だ。

ＭＰ要らずで簡単に終わった。早速【鑑定】してみる。

**【回復アイテム】**
ポーション　HP+5% 回復　品質D　レア度1　重量1
一般的なポーション。僅かにだがHPが回復する。
飲むとやや苦みが舌先に残ってしまう。
※連続使用不可。クーリングタイムは概ね5分。

うん、回復量は半減した。実に合理的である。注目なのはそっちではなくクーリングタイムだ。一分、短縮されていた。

これは何を示唆するものなのか？　ポーションの連続使用といった濫用行為を抑制するためにクーリングタイムがあるものと思っていた。だがこの結果を見ると、他に何かの要素が関わっているように見える。

なんだろうな。師匠に聞いてみるか。

後片付けをしてると作業場の扉が開いてメタルスキンが入ってきた。どうやらもう夕食の時間になっていたようだ。そして師匠も入室してくる。

「どうかな、作業は捗《はかど》ったかの」

「ギルドの依頼はなんとか。幾つか自分なりに高い品質のポーションも作れました」

「うむ」

夕食のメニューに熊肉は出なかった。兎肉の煮込みらしいが、あの硬い肉が柔らかくなっている。酸味が結構強くて独特だった。残念ながら何も効果はない。

「師匠、質問をいいですか？　これなんですが」

師匠の目の前で品質B-のポーションと品質B-の中身を薄めた品質Dのポーションを見せる。

師匠はじっとポーションを見たまま考え込む様子だ。

「自分で、考えて、それで作ったんじゃな？」

「はい」

「結構。その調子で精進することじゃ」

今度は食事を中断して真剣な表情でオレに話し始めた。

「良いかな、何をするにしても自らが学び取るのじゃ。自らに問いかけるのじゃ。学問とはそういうものじゃよ」

「はい」

「お前さんもいずれは既存の練成陣を使った錬金術を目にするかもしれないがの、ワシに言わせたらそれこそ邪道じゃ」

「え？」

邪道？

何の事だろう？

「魔術師たるものは世界の理《ことわり》を、真理を追究する学者でもある。そして真理の裏を衝《つ》くのもまた魔術師の使命じゃ」

「はい」

「与えられたもの、奪ったもの、金で得たものばかりでは学問にはならんよ」

ああ、知ってます。強いられているうちは勉強であって学問じゃないって親にも叱られました。

それに、だ。

クーリングタイムが短くなった品質Ｄのポーションの件、意見を聞き難い雰囲気です。冒険の合間にでも研究してみようか？

ちょっと考え込んでいたら師匠はいつのまにか食事を摂り終えていた。メタルスキンが手際よく片付け始めている。

「では今日はこれまで。明日も朝はレムトに納品じゃ」

「はい」

「その後でポーション作製、ワシの手伝いじゃな」

つまり今日と一緒ですね。

明日もスノーエイプとの対決は避けられそうもないようだ。


一旦、師匠の家の二階で荷物の再確認を終えると、夜の森を少し探索することにした。今日はヴォルフがまるで活躍していないからだ。

朝、馬である残月と鷹のヘリックスとで草原をサーチ・アンド・デストロイが出来たが、狼と鷹ではどうだろう。

森ではダメだろうか？

鷹のヘリックスでは厳しいか？


まあいい。試してみたら分かる事だ。

森の見張り櫓《やぐら》を背後に見ながらサーチ・アンド・デストロイを敢行してみた。幾つかの課題が浮き彫りになってます。


一番問題になるのは機動力だ。

オレの移動速度は馬である残月にまるで及ばない。ヴォルフとヘリックスに対しても同様だ。まあ当たり前ですよね。

その点を多少なりともカバーする手段がある。

フィジカルエンチャント・ウィンドだ。

ほんのちょっとだが移動速度の上乗せになる。

次に鷹であるヘリックスだ。

最初は良かったのだが、日が完全に落ちて夜になったら高く飛べなくなった。明らかに怖がっている。夜目は少しは利くようではあるのだが、昼のようにはいかない。

次に草原で奇襲攻撃を受ける機会が多くなった。ホーンラビットが地面の巣穴からいきなり飛び出して突っ込んで来る。ヴォルフの危険察知能力で事前に避けているけど、それも完全ではない。肩に一撃、まともに食らってしまい、その一撃だけで三割近くもＨＰバーが削られていた。

結局、日が落ちた後で狩ったホーンラビットはオレにダメージを与えたその一匹だけ。この時間帯、兎達は巣穴から襲い掛かっては失敗すると巣穴に素早く逃げ込んでしまう。追撃は当然出来ない。

昼間と行動パターンが違っていて厄介極まりない。

最後に謎の存在である。

【識別】出来る距離にまで近寄ってないので、名前すら分からないが、燐光《りんこう》のようなものが漂っていた。ヴォルフが絶対にオレを近寄らせない勢いで服の裾を噛んで引っ張るので、距離を置く事にした。

遭遇したのは一回だけ。

何となく不気味な存在ではある。

一応、スクリーンショットも撮ってみたのだが、何が何やら訳の分からない画像にしかならない。

何でしょうね、これ？　心霊写真？

夜は草原も森も、怖い場所になるようだ。

それでも日が落ちる前にいくつか成果を得ていたので、狩りに来た甲斐《かい》はあった。周囲が真の闇へと変じる前に師匠の家に戻ることにした。
森の見張り櫓にまで戻った所で明かりを付ける。

「フラッシュ・ライト！」

オレの頭上よりやや前の空間に球体の照明が出現した。周囲十メートル程度はかなり良く見えるし、二十メートル先もそこそこ見えている。意識を凝らして視野を移動させると、その明かりは絶妙な位置に移動するようである。

便利です。

だが森の中ではその利点は大きくスポイルされる。木々によって光は遮られて大きな影を生んでしまうからだ。死角が多い。

ヘリックスは完全に空を飛ぶのを止めてロッドの先に佇んだまま動こうとしない。その一方でヴォルフは闇をまるで苦にしない。所々で周囲を見回して警戒しながらオレを誘導してくれている。

頼もしい奴だ。

事件は師匠の家までもう少しの所で起きた。

細いながらも草の茂みが深い道を進んでいたオレの背後に音が迫ってきて、その音源が姿を現した。

何かの球体。その高さはオレを余裕で超えている。

【識別】してみると、目の前が赤い逆三角形のマーカーだらけに！　その正体はイビルアントの群れ。

いや。

蟻が何かに集《たか》っている。緑のマーカーが一つだけ見えていた。ＨＰバーを見ると残り少ない。この中にプレイヤーが捕らわれている、のか？

蟻玉から剣が伸びて振り回されたが、蟻玉の中に飲み込まれて行く。丁度ＨＰバーが目の前でなくなり、緑のマーカーが徐々に薄れて消えてしまった。

蟻玉はそれ自体が一つの生き物のように蠢《うごめ》き続けている。

プレイヤーの緑のマーカーが消えると同時にプレイヤーの体も消えたようだ。蟻玉の真ん中が一瞬凹《へこ》むと蟻達は互いの体と絡み合いながら蠢き続ける。

これが死に戻りか。

そしてオレもこうなる運命かも知れないのだ。

どうするか。

決まっています！

逃げよう。

蟻達の動きを刺激しないように後ろへ移動。

ヴォルフもおとなしく付いてきた。

ヘリックスは置物のように固まっている。

距離が開いた時点で走り出した。

背後で何か音がしたように思うが構ってはいられない。

そのまま駆ける！

背後の音は近付いて来ている。

急げ、急げ！

その音はカチカチとした音でありながら、幾層にも重なった音となってオレの耳を叩く。

急げ、急げ、間に合え！

仮想ウィンドウの呪文リストからフィジカルエンチャント・ウィンドを選択して実行する。

どうしてこうも時間の経過が遅いのか！
「フィジカルエンチャント・ウィンド！」
少しだけだが蟻達の音が遠くなったか？
でも本当に少しだけだ。
師匠の家の門に辿《たど》り着《つ》いても門が開くのには時間が掛かる。
今のうちに出来るだけ引き離さないと危うい。
家の明かりが見えた。
もう少しだ。
そこからはただ全力疾走することしか頭になかった。
何やらインフォがあったようだが今はそれ所ではない。
急げ！

門に辿り着く。
門はゆっくりと開いて行く。
ああもう！
後ろを振り返ると明らかにさっきよりも数の増えたイビルアントの大群が見えた。
何で蟻玉が二つに増えているんだ？
オレの傍《そば》で控えていたヴォルフが低く唸《うな》り戦う姿勢をとる。
ヘリックスも羽が一層膨らんだように見えた。
ロッドの先で翼を開き、蟻を威嚇するかのように軽く鳴く。
フラッシュ・ライトの明かりの下で赤く点滅するマーカーが乱舞する。
蟻の甲も光を反射して奇妙に美しい光景を生んでいた。
背筋を襲う不快感はもう頂点に！

どうする？

勝ち目のない戦いを覚悟したその時、オレの両脇から地響きが起きた。

大きな岩塊が動いて迫っている。

いや、動いていたのは石塁の一部。

それは今や石塁ではなくなっていた。

二つの巨大な石塊の上には黄色のマーカーがある。

【識別】が自然に働いて、その正体を知る事になった。

ストーンゴーレム　？・？・？

召喚モンスター　迎撃態勢

師匠が言ってたストーンゴーレムがこれなのか。

その高さはオレの三倍はあろうかという巨軀《きょく》。

頭はあるが顔らしきものは無い。

ゆっくりと蟻の群れに向かって行く。

そして左側のストーンゴーレムの肩にはもう一つ黄色のマーカーが見えていた。

師匠のマギフクロウだ。

フクロウが音もなく空へと飛んだのが合図となったかのように。

戦いが始まった。

いや、蹂躙が開始された。

ストーンゴーレムはゆっくりと動いているようでいながら攻撃に転じると意外に速い。

拳を振るえば数匹の蟻を纏めて叩き潰した。

足で踏みつけたら地響きとともに数匹を纏めて踏み潰してしまった。

大雑把《おおざっぱ》な戦い方だが確実に戦果を挙げている。

オレもヴォルフも、そしてヘリックスも目の前の敵を迎撃する。

正直、次々と寄って来る蟻を払いのけるのが精一杯です。

ヴォルフもヘリックスも止《とど》めを刺すまでに至っていない。

戦況は？

二体のゴーレムが急速に蟻の数を減らしてくれている。

だが蟻が減る数以上に増えている数が多い！

追加で何匹もの蟻が森の中から迫って来ていた。

ゴーレムはオレの左右に位置して寄って来る蟻を次々と屠《ほふ》り続けている。

オレはヴォルフと共に中央で蟻を払いのけ続けた。

時に回り込んで来た蟻が背後に迫ることもあったが、ヘリックスが上空から襲って排除してくれていた。

迎撃の陣形がいつの間にか形成され、それぞれの役割が自然と定まっていた。

蟻の増える速度は落ちてきていたが、まだまだ数は多い！

それが何だったのかは最初分からなかった。

周囲が一瞬、明るく照らされ何かが焦げるような臭いが漂ってきていた。

何が起きた？

蟻の群れを見るとかなりの数が動かないまま煙を上げている。

そして次の瞬間、何が起きていたのかを見る事になった。

翼を広げた師匠のマギフクロウの両翼から広範囲に亘って何十本もの雷撃の槍《やり》が降り注いでいた。

美しく、そして容赦なく殲滅《せんめつ》していく。

そしてもう一撃が放たれ、蟻の群れは全滅した。

《只今の戦闘勝利で【受け】レベルがアップしました！》

《只今の戦闘勝利で【光魔法】レベルがアップしました！》

《これまでの行動経験で取得が可能な補助スキルに【ダッシュ】が追加されます》

《これまでの行動経験で取得が可能な補助スキルに【耐久走】が追加されます》

《只今の戦闘勝利で召喚モンスター『ヘリックス』がレベルアップしました！》

《任意のステータス値に1ポイントを加算して下さい》

呆然《ぼうぜん》とインフォを聞きながら目の前の惨状を眺めてました。

ヘリックスのステータス値が表示されていて、敏捷値が上昇していることが示されている。

呆《ほう》けていられない。

任意のステータスアップは筋力値を指定しておこう。

ヘリックス
ホークLv1 → Lv2（→１）
器用値　10
敏捷値　22（→１）
知力値　18
筋力値　11（→１）
生命力　10
精神力　12

ヘリックスの仮想ウィンドウを閉じると一気に緊張の糸が切れた。助かった、というのが正直信じられない。

《終わったようじゃな。そこの後片付けはお前さんに任せておくぞ》

マギフクロウを通じて師匠の声がしていた。

片付け、ですか？　時間がどれだけかかるんだ、これ？　剥ぎ取りナイフを手にして蟻の死体の山を見る。

師匠ってばやっぱり、スパルタ気質なのかな？

結局、蟻の死体からアイテムを剥ぎ取る作業には一時間以上を要したと思う。

## 【後方注意】エルフの森植樹２本目

**1. ルナ**
ここは妖精界へと通じる森から迷い出たエルフが集うスレです。
まったりとお茶でもどうぞ。
次スレは **>>980** を踏んだ方にお願いします。

過去スレ：
【妖精降臨】エルフの森植樹１本目
※格納書庫を参照のこと

ーー(中略)ーー

**223. ミック**
ようやく弓が Lv3 になった。
武技のツイン・シュート、アーチ・シュートの試し撃ちはした。
青銅の矢だと差がよく分からなくて辛い。

**224. ルナ**
よく上げたね
こっちはまだ弓 Lv2 のまま、魔法も Lv2 のままだよ
水精霊召喚して和むのだけが私の安らぎ

**225. ズオウ**
**>>224**
君のウンディーネならオレの隣で寝てるよ。
それに和むのであれば音楽がオススメ。
暇時間でリュート適当に演奏しまくってたらあっという間に Lv2 にｗ

それはさておき朗報だ。
生産者組で新展開があるらしいな。

**226. キシリア**
**>>224**
精霊召喚こそエルフにのみ許された癒しプレイ
でも闇のシェイドは愛でるのが難しいね
**>>225**
ソース plz

**227. ズオウ**
**>>226**
つ特濃
つトンカツ
つウスター

つお好み焼き
つヤキソバ

根拠はレムトにいる知り合いのメッセ。
ホーンラビットの角以外の矢尻素材を使ったとしか聞いてない。

**228. ミック**
噂になってる蟻の針かな？
正直、金属被覆の矢尻はもう勘弁。
20本も矢筒に入れたら知力値ペナー1とかで辛い。
つかアイテム収集情報スレで関連の書き込みあるぞ。
見てない人多いの？
特筆すべきは雪猿の骨だなー
でも弓使いには縁遠いよね？
**>>226**
うちのノームさん可愛いぞ！

**229. ズオウ**
**>>228**
矢を持ち過ぎだろ。
魔法と精霊召喚でカバーしろ。
10本あれば十分ですよ。
分かって下さいよ。

**230. ミック**
そういえばまだ魔法スキルがLv1な件

**>>227**
つタルタル
つオイスター
つデミグラス
つグレイビー

美味しいソースは常備すべき

**231. レイナ**
とりあえず試作してるよって宣言はしておく
矢尻素材は野兎の角を比較対象にして、邪蟻の針、蝙蝠の牙
矢羽根素材は草原鷹の翼、銀鶏の翼

矢尻のみなら試作品の鑑定まで終えてる
矢羽根もさっき終わった

**232. キシリア**

**>>230**
ちょっと使えばLv2は余裕、引き篭もりなの？
**>>231**
詳細！　詳細！

**233. レイナ**
**>>all**
矢羽根素材の試作品データは素材提供者に見せてから公開したいので
今は勘弁して
βと同様の傾向とだけ言っておく
でも意外な補正効果もあったから皆の予想通りとはいかないかも？

**234. エルディ**
矢尻だけの試作の奴だけでも教えてくれると助かる
つか西の森方面に弓使いは行けって事か？
それにしてもステップホークはよく倒せたな！
あいつってば弓も魔法も簡単に当たんないよね？

**235. ナリス**
**>>234**
奴に後頭部抉られて死に戻りしたオレが来ましたよ？
復讐の機会があれば是非やりたい！

**236. キシリア**
背後から一撃死とかまだマシｗｗｗｗｗｗｗｗｗｗｗ
夜の恐ろしさに比べたらデスペナも耐えられるしｗｗｗｗｗｗｗｗｗｗ

**237. レイナ**
矢羽根の素材情報を貼っておくよ！
アイテム収集情報スレで貼ってあるのと同じだけど一応ね

【素材アイテム】草原鷹の翼　原料　品質C-　レア度1　重量1
　ステップホークの翼。一般的には矢羽根に加工されている素材。

【素材アイテム】銀鶏の翼　原料　品質D+　レア度1　重量1
　暴れギンケイ（メス）の翼。一般的には矢羽根に加工されている素材。

**238. レイナ**
矢羽根の試作結果は明日以降まで待っててね！
矢尻だけでの試作結果はこんな感じ

【武器アイテム：矢】兎角の矢　品質C-　レア度2

AP4　破壊力１　重量0+　耐久値40　射程±0%
野兎の角を矢尻に利用した矢。
貫通力は程々であり使い勝手は良い。

【武器アイテム：矢】邪蟻の矢　品質C-　レア度２
AP8　破壊力0+　重量0+　耐久値30　射程+10%　継続ダメージ微
邪蟻の針を矢尻に利用した矢。
貫通力を高めて出血ダメージを狙ったもの。

【武器アイテム：矢】蝙蝠牙の矢　品質C+　レア度２
AP6　破壊力１　重量0+　耐久値60　射程+10%
蝙蝠の牙を矢尻に用いた矢。
矢尻形状の影響で威力と射程に優れる矢となった。

**239. ナリス**
使用感レビューはまだか
正座して待ってる

**240. エルディ**
**>>239**
石を抱かせていい？

**241. レイナ**
**>>240**
酷いｗ

魔物相手はまだ何とも言えないかなー
練兵場で的相手にしてみただけだから

**242. キシリア**
テストなら当然協力するけど？
個人的には邪蟻の矢に注目！
でもイビルアントって夜の西の森で狩ることになるんでしょ？
気を抜くとヤバイｗｗｗｗｗ

**243. ルナ**
**>>242**
夜の狩りはプレイ時間の関係でやってないんだけど
何があった？

**244. キシリア**
詳細はここが詳しいよｗ

つ【トラウマ上等】夜の恐怖を語るスレ★2【精神耐性推奨】

**245. レイナ**
スレタイｗｗｗｗ

ーー(以下続く)ーー

## 【トラウマ上等】夜の恐怖を語るスレ★2【精神耐性推奨】

**1. クラウサ**
やあ。

夜の世界にようこそ。
最初にこの夜鳴きそばを食べて落ち着いて欲しい。
ここに来たからには覚悟を決めて貰おうか。

既に身をもって夜の恐ろしさを体験した者は幸福である。
最早驚きはしないのだから。

因みにお祈りの時間は１分しか待ちません。

次スレは **>>950** あたりで宣言してから立てて欲しい。

トラウマなスクショを貼る際には宣言必須！
約束だぞ！
違反者は容赦なく吊ってお仕置きだ！

過去スレ：
【暗視持ちには良く見える】夜の恐怖を語るスレ★1【見なきゃ良かった】
※格納書庫を参照のこと

ーー(中略)ーー

**102.zin**
一旦夜の情勢について簡単にまとめとく
レムト周辺　ウサギが闇の中、巣穴からヒット＆アウェイ　謎の人魂
北の山　暗闇異常攻撃持ちのミミズが地面から奇襲多数
東の海岸　フナムシの大群、ダツが水中からヒット＆アウェイ
南の荒地　麻痺持ちヘビの大群
西の森　アリの大群　コウモリが後方からヒット＆アウェイ

どこもロクなもんじゃない。

**103. 桜塚護**
どこがオススメ？

**104.zin**
ダツで一撃死が一番楽に死に戻れる。

**105. 紅蓮**
**>>104**
死に戻り前提とかw
北にいるけど前衛が盾持ちで受けスキルをちゃんと育てていれば夜は稼げる。
準備はちゃんとしておくもんだよ。
他の場所については知らん。

**106. 九重**
そりゃあんた達がおかしい。

盾持ちでも海岸線は普通に死ねる。

つ（画像）（画像）（画像）

**107. コロナ**
**>>106**
なんじゃこりゃ
盾ぶっ壊れてる？

**108.zin**
ダツの攻撃は当たったら武器防具の耐久力を容赦なく削る。

もちろんそれだけに留まらず殆どが貫通して一撃死、回避する以外は大抵そうなる。

初心者シリーズ武器防具は破壊されないけど攻撃を受けたら普通に死亡判定が出る。

回避するにしても夜の浅瀬で泳ぎまわるダツの攻撃を何匹も見切り続けるなんて無理。

逃げるにしても明かり目掛けて殺到してくるから逃げ切れない。ダツ速すぎ。

かといって明かり消して浅瀬を足元方向運任せで逃げても結局はダツに捕捉されちゃう。

明かりを持った人身御供を立てて迎撃も試したが速攻で沈められたよ。

**109. 九重**
**>>107**
前スレも参照してね。
**>>108**
あんた鬼や。人身御供て。

**110. カルロ**
海の浅瀬は鬼門か。

波打ち際とかに上陸したら大丈夫？

**111. 九重**
**>>110**
死ねる。
フナムシに集られるだけ。

グロ中尉
つ（画像）（画像）（画像）

**112. ココア**
ぎゃ嗚呼あああああああああああああああ

**113. ミオ**
やめてえええええええええええええええ

**114. カルロ**
ぎゃああああああああああああああああ
猫画像じゃねえええええええええええええええ

**115. ミリオン**
**>>114**
何を期待したｗ

制裁してやる、ほれ。
グロ中尉
つ（画像）（画像）（画像）（画像）

**116. ミオ**
**>>115**
いやああああああああああああああああああ
もうやめてあげてええええええええええええ

**117. 九重**
**>>115**
蟻？　西の森か。
どれ位で死ねたの？

**118. カルロ**
**>>115**
ひいいいいいいいいいいいいいいいいいいいいいいい
猫、猫画像をお持ちのお客様はいませんかあああああああ

**119. ニア**
**>>115**
トラウマwwwwwwwwwwwwww

**120. ミリオン**
**>>117**
タイムスタンプによると10分位かな。
体中に集られると宙に浮いて足が地面に届かないから逃げるのも無理。
地面に足が着かないから剣の攻撃も効果半減以下。蟻を押しのけるだけ。
他の武器でも同様、盾も時間稼ぎにしかならない。
魔法で排除したくても数が多いものだからMPがすぐに枯渇する。
何よりもアリの攻撃が弱すぎて中々死ねない。
同じPTの魔法使いはすぐに逝ったけど、正直うらやましかった。
強制ログアウトを一瞬考えたよ。

**121. ロムド**
**>>111**
**>>115**
やあ。
これはいい拷問。

対処できる方策はあるのかね、これ。
やっぱ詳細設定で痛覚とか触覚の全カットやるの？

**122. 九重**
**>>121**
感覚カットできるものは全部カット推奨だね。
音だけでも拷問だな。

真面目な話、仲間を呼ぶ前に全滅させる以外に手がないな。

**123. コロナ**
**>>121-122**
あきらめたらそこで終了ですよ……

**124. 桜塚護**
**>>122**
それ、次スレから **>>1** に書いといて欲しいw

**125. ミオ**
やっぱ夜歩きはしない！

絶対に町に篭もるよ！

**126. サキ**
**>>125**
そうはいかないんだから。
ちゃんと針回収には協力するように！

**127.zin**
レムト周辺で見る謎の人魂はまだ正体の報告がないんだよな。
つかエンカウント判定がなくて戦闘が起きないし【識別】が効いてないっぽい。
マーカーは赤だから魔物で討伐対象なのは分かるんだが。
バグ？

**128. ツツミ**
暗視持ちなら夜は勝つる。
そう思っていた時期がボクにもありました。

**129. クロウ**
**>>128**
ドワーフ乙。

**>>127**
バグはないだろうな。
フィールドボスの可能性があるんじゃね？

**130. 九重**
βから相当設定変わってるっぽい。

**131.zin**
**>>111**
**>>115**
範囲攻撃魔法があればむしろいい稼ぎになりそうだが。
Lv3 だとまだないんだっけか？

**132. 紅蓮**
**>>131**
βだと Lv6 であった。
そこまでこの拷問には耐えるしかないな。

**133. カヤ**

装備面で工夫するにしても限界があるしなあ。
攻略で進展が期待できるのは北なんだろうかねえ。
鍛冶職鉱石掘り組が相当数北のキャンプに出張っている。
レムトに生産職プレイヤーが少なくなってるんで暫くこのままか。

**134.zin**
レムト含めて５つのフィールドで何かイベントトリガーあるのかな？
とにかく情報が欲しい。
探索も夜がこのまま進まないようでは困るし堂々巡りになりかねない。

ーー（以下続く）ーー

## 魔法使いが呪文について語るスレ★4

**1. モコ**
荒らしスルー耐性の無い方は推奨できません。
複数行の巨大 AA、長文は皆さんの迷惑になりますので禁止させていただきます。
冷静にスレを進行させましょう。
次スレは **>>950** を踏んだ方が責任を持って立てて下さい。
無理ならアンカで指定をお願いします。

過去スレ：
魔法使いが呪文について語るスレ★1-3
※格納書庫を参照のこと

ーー（中略）ーー

**947. 紅蓮**
各属性 Lv3 の呪文リスト確定した。
βとスペル構成は変わらないけど回復魔法で一部仕様変更があった。
回復魔法の個人的見解はこんな感じ。

回復量
土＞光＞水＞火＞闇＝風

有効距離
風＞水＞光＝火＞土＞＞闇

利便性については別記としたい。

**948. ルナ**
**>>947**
乙華麗。
３日目終了で早くも回復魔法が全属性揃ったとは重畳。

仕様変更？

**949. 紅蓮**
**>>948**
まずは闇。
ダーク・ヒールは他プレイヤーを回復させるのに自分の MP を消費しなくなった。
回復対象プレイヤーの MP が消費される。
接触でしか回復が出来なくなって有効距離は最小に、回復量も減った。
でも PT プレイヤー全員を回復用 MP タンクにできる意味は大きい。
長期戦向けだね。
回復量が少ないから依存しすぎるのは禁物。
あと MP 枯渇した他プレイヤーを回復出来るものなのかどうかがまだ未確認。

**950.∈(-ω-)∋**
やあ　∈(-ω-)∋　きっといつかボクも飛べるさ

**951. 無垢**
**>>950**
てめえええええええええｗｗｗｗｗｗ
スレ立てヨロ

**952. カササギ**
**>>947**
火は回復量減ったの？

**953. 紅蓮**
**>>948**
そして火。
ファイア・ヒールは回復量が減って継続回復効果が付いた。
僅かなもんだけど、これも長期戦向けかな？
ダメージの受け具合によっては総回復量で土を超える場合もある。
反面、回復しきってると継続回復効果が無駄になるけどね。
他属性はβとほぼ変わらないと思う。
風の有効距離はβよりちょっとだけ広範囲かもって話もあるけど検証し終えてない。
あと回復魔法でもクリティカル判定がある疑いが濃い。
レベルが上がれば使用感は変わると思うけど、今の所はそんな感じ。

**954. 周防**
**>>949**
乙。
やべえ失敗したかな。
光取得しちゃった。

闇がなんか良さげに見えちゃう。

**955. ホウライ**
**>>949**
**>>953**
調整かな。

運営は対魔物戦闘での長期戦を睨んでいるのかも。

**>>954**
光は地味に強いと思う。

何より夜の戦闘では手放せない。

**956. 無垢**
攻撃魔法はどうなのよ。

あと Lv1 呪文のエンチャント系はステータス上昇率を検証してるって前スレであったけど。

検証途中でもいいから話を聞かせて。

**957.∈(-ω-)∋**
立てたよ　∈(-ω-)∋　魔法使いが呪文について語るスレ★5

**958. 紅蓮**
**>>954**
各属性間を比較して突出して強い弱いはないと思うよ。

ただプレイスタイルによっては大きく影響しちゃうかな。

ソロプレイだと闇と風は明らかに厳しい。

回復に限った話だけどね。

**959. 周防**
**>>956**
そっちのほうも気になる。

**>>957**
乙。モツカレーを食べる権利をやろう。

**960. ホウライ**
**>>954**
光があるなら火風水土からもう 1 つとるのも一手。

成長は遅くなるけど汎用性は高くなるぞ。

一点豪華主義はどこかで詰む可能性が十分にありえる。

つかβでオレ達の PT は詰んだ。

まあそれも PT 編成次第なんだが……

**>>957**
乙

**961.∈(-ω-)∋**
∈(・ω・)∋

**962. 紅蓮**
**>>956**
攻撃魔法は基本変わらない。βとは一部スペル名称が変更になった位だね。

エンチャントと各属性についておさらいも書いとく。
水　器用値に付与　攻撃命中率アップ、クリティカル発生率アップ？
風　敏捷値に付与　移動速度、攻撃回避率アップ
闇　知力値に付与　魔法攻撃ダメージアップ
火　筋力値に付与　物理攻撃ダメージアップ
土　生命力に付与　主に物理攻撃の防御においてダメージ軽減、大ダメージレジスト判定にプラス
光　精神力に付与　主に魔法攻撃の防御においてダメージ軽減、状態異常レジスト判定にプラス

土と光は大ダメージを受けた際のペナルティ軽減効果があるかも。未確定。

土と光はアーツ、スペルに対して MP 消費を軽減してるかも。未確定。


エンチャントによる効果はステ値 15% 相当のアップと予想。未確定。

基本ステ 20 ではコンスタントに +3、基本ステ 17 だと +2 だったり +3 だったり。

基本ステ 14 とか 15 では +2、だけど +3 修正貰ったって結果も少数ある。

攻撃以外の魔法にもクリティカルが存在してると仮定すれば納得なんだけど。

もっとサンプルデータ増やして検証しないと分からない。

**>>957**
乙

**963. カササギ**
**>>958**
忘れてた。

レジスト系もあるよな？

**964.∈(-ω-)∋**
**>>959**
やあ　∈(-ω-)∋　ウマウマ

**965. 無垢**
**>>961**

何か家w

**966. 周防**
ようやくポーション地獄は解消されるのか。

**967. 紅蓮**
**>>963**
ある。呪文名レジスト・各属性で揃ってる。βと同じだね。

多分効果の方もβと変わっていないと思いたい。

だって属性攻撃を喰らって検証とかまるで出来てないしw

**968. カササギ**
**>>966**
βではオレもそう思っていた。

だが先々でもポーションが無いと困るぞ。

夜の恐怖があるから魔法技能持ちが一瞬で落ちるとすぐに詰む。


つ【トラウマ上等】夜の恐怖を語るスレ★2【精神耐性推奨】

**969. ∈(-ω-)∋**
**>>965**
やあ　∈(-ω-)∋【トラウマ上等】夜の恐怖を語るスレ★2【精神耐性推奨】

**970. 紅蓮**
**>>966**
そうも言っていられない。

どっちみち盗賊系の働きが出来るプレイヤーがPTにいないと先々で詰みそうでもある。

現時点ではいろんな意味で詰む要素が多いよ。


ここも見といて【トラウマ上等】夜の恐怖を語るスレ★2【精神耐性推奨】

**971. 無垢**
**>>962**
次に期待はLv6なのか？

**972. カヤ**
**>>968-970**
ここでトラウマ量産スレwwwwww
つかポーションあってもなくても詰むwwwwwww
お前ら分かってて嫌がらせしてんだろw

**973. カササギ**
**>>971**
是。

全体攻撃魔法が取得できたら突破口になるな。

**974. 紅蓮**
**>>971**
まさしくそう。

今は力押しで攻略進めてるけど正直 Lv3 の呪文があっても厳しいような気もする。

生産系プレイヤーに個別イベントが立ちまくってるのが一段落しないと支援を受けるのにも苦労するのが現状。

特にポーションが痛い。

鉱石もレムトから在庫が消えつつあると不穏な情報もあるし。

**975. 周防**
**>>970**
そういや一部生産職の所にレア度高めの品が持ち込まれたと聞いた。

攻略組の方で一番先行してる所では状況どんな感じになってんの？

**976. カヤ**
**>>973**
森で全体攻撃魔法を喰らった PT なら知ってるｗｗｗｗｗｗｗ

**977. 紅蓮**
**>>975**
レムトのか。アイテム収集情報スレでもう上がってるぞ。

骨一つで状況が変わるかどうかは生産職組次第なのでなんとも言い難い。

こっちは北から戻るつもりはないからなあ。

気にはなってるんだけど。

俺らも先行してるとは言ってもレベルだけで、攻略情報の収集も滞っているのが実情。

**>>976**
初耳。詳細ヨロ。

**978. ホウライ**
**>>968-970**
ビビッた。

もう夜にはおトイレに行けない。

謝罪と賠償を要求する。

**979. カヤ**

**>>977**
他プレイヤーの恥を晒す事になるから詳細は控えるわｗ
簡単に言えばNPCに喧嘩売って返り討ち。
相手はマギフクロウ、それにストーンゴーレム２体。
どっちもNPC扱いの黄マーカー持ちでLvは不明。
当然瞬殺。自業自得だろうけどな。
全体攻撃は雷撃魔法だったとだけ言っておく。
スクショで見たけど序盤でこれ相手にしたら勝てんわｗ
参加プレイヤー全員で挑んでも全員返り討ちになるレベル。

**980. 周防**
結構詳細な情報になっている件。

**981. 紅蓮**
うわあ……
しかし雷撃魔法か。
プレイヤーにもいずれ使えるようになると見ていいのかな？

**982.∈(-ω-)∋**
南無　∈(-ω-)∋　南無

ーー(以下続く)ーー

# 第二章

ログインして目覚めるとベッドの心地好《よ》い感触を少しだけ楽しむ。

昨夜は大変だった。群れを成していたイビルアントの死体から剥《は》いだドロップ品の数は尋常ではなかった。とてもじゃないが、一つ一つを【鑑定】するだけの余裕もなく、集めた品は作業場にそのまま放置してある。

今日は朝からそのドロップ品の仕分けをするよう、師匠から指示されているのだ。しかも冒険者ギルドにポーションを納品する予定もある。時間を無駄に出来ない。

《運営インフォメーションがあります。確認しますか？》

こういう時に限ってこれだ。

メッセージの右上に『しおり』を付けて先に保存しておき、件名だけは確認しておく。

《統計更新のお知らせ：本サービス三日経過時点データに更新、開放データ項目にスキルを追加しました！》

緊急性がないと受け取った。中身は後で読んでおこう。次に昨日読んでなかったレイナからのメッセージだ。

『矢羽根で試作した矢が出来ました！【鑑定】結果を送るよ！』

【武器アイテム:矢】
兎角(とかく)の矢+　品質C　レア度2　AP4　破壊力1　重量0+　耐久値40　射程+7%
野兎の角を矢尻に利用した矢。
貫通力は程々であり使い勝手は良い。
※草原鷹の翼を使用

【武器アイテム:矢】
兎角の矢+　品質C　レア度2　AP4　破壊力1+　重量0+　耐久値40　射程+3%
野兎の角を矢尻に利用した矢。
貫通力は程々であり使い勝手は良い。
※銀鶏の翼を使用

【武器アイテム:矢】
兎角の矢　品質C-　レア度2　AP4　破壊力1　重量0+　耐久値40　射程±0%
野兎の角を矢尻に利用した矢。
貫通力は程々であり使い勝手は良い。
※通常の矢羽根:比較用

【武器アイテム:矢】
邪蟻の矢+　品質C-　レア度2　AP8　破壊力0+　重量0+　耐久値30　射程+20%　継続ダメージ微
邪蟻の針を矢尻に利用した矢。
貫通力を高めて出血ダメージを狙ったもの。
※草原鷹の翼を使用

【武器アイテム:矢】
邪蟻の矢+　品質C-　レア度2　AP8　破壊力1　重量0+　耐久値30　射程+15%　継続ダメージ微
邪蟻の針を矢尻に利用した矢。
貫通力を高めて出血ダメージを狙ったもの。
※銀鶏の翼を使用

【武器アイテム:矢】
邪蟻の矢　品質C-　レア度2　AP8　破壊力0+　重量0+　耐久値30　射程+10%　継続ダメージ微
邪蟻の針を矢尻に利用した矢。
貫通力を高めて出血ダメージを狙ったもの。
※通常の矢羽根:比較用

【武器アイテム:矢】
蝙蝠(こうもり)牙の矢+　品質C+　レア度2　AP6　破壊力1　重量0+　耐久値60　射程+25%
蝙蝠の牙を矢尻に用いた矢。
矢尻形状の影響で威力と射程に優れる矢となった。
※草原鷹の翼を使用

【武器アイテム:矢】
蝙蝠牙の矢+　品質C+　レア度2　AP6　破壊力1+　重量0+　耐久値60　射程+17%
蝙蝠の牙を矢尻に用いた矢。
矢尻形状の影響で威力と射程に優れる矢となった。
※銀鶏の翼を使用

【武器アイテム:矢】
蝙蝠牙の矢　品質C+　レア度2　AP6　破壊力1　重量0+　耐久値60　射程+10%
蝙蝠の牙を矢尻に用いた矢。
矢尻形状の影響で威力と射程に優れる矢となった。
※通常の矢羽根:比較用

兎角の矢、邪蟻の矢、蝙蝠牙の矢の比較データだ。データを見ると比較データがぞろぞろと並んでいた。草原鷹や銀鶏の矢羽根を加えても名前には+が付くだけで特に大きな変化はないようだ。実際に弓矢は使わないからオレにはそう重要じゃないけど興味はある。

邪蟻の針は蝙蝠の牙と同様、銀鶏の翼と組み合わせて出来た矢がバランス的に良く見える。

射程の伸び幅は蝙蝠の牙との組み合わせだとより大きくなるようだ。相乗効果？

攻撃範囲が伸びると、戦い方により幅が出来るかも？　どの組み合わせにせよ戦力の上乗せになる事は間違いない。

『結果はまだ公開してない。キースに見せて意見を聞かなきゃだもんね！』

最後にレイナのコメントがある。

これらの価値は弓技能の無いオレには現実感がないんだが。

懸念すべき事がある。場合によっては素材確保を目的にして、西の森に冒険者が殺到する事になるかも？

同時にあの蟻の被害者も増えるんだろうか。師匠の家の周辺も騒がしくなるのかね？

作業場に降りると師匠がまた作業台で寝ていた。突っ伏して、ではなく作業台の上で身を横たえて寝ていた。台の上に毛布を敷き、上掛けにも毛布がかけてある。

メタルスキンの仕事だろう。作業場の中は酒の匂いが僅かに残っていた。

作業台は広く、師匠が横になって寝ていても広さには余裕がある。だがそのスペースはイビルアントの甲と針で半ば埋め尽くされていた。椅子の数には余裕があるので台の代わりにしよう。

まずは甲を品質毎《ごと》に仕分ける事にした。

【鑑定】を始めてすぐに謎の代物が見つかった。

**【素材アイテム】**

邪蟻の甲　原料　品質X　レア度　重量0+

イビルアントの甲。

品質Xって何？　そしてレア度がマスクデータか。品質Xって評価しようがないって事か？

いや、マスクデータの方は【鑑定】のレベルが足りないとか？

でもイビルアントで？　良く分からない事態だ。

仕分けし始めたばかりの邪蟻の甲だが、やたらとこのタイプが多い。


黙々と【鑑定】しながら仕分ける。今までに見たのと同様の品質のものもちゃんとあった。

品質Cだけでなく品質C-も少しあった。

数えたら品質Cは十七個、品質C-は二個、品質Xが八十二個だ。

見比べると、品質Xだけ色が微妙に違うようだ。

品質Xのものは他の品質のものに比べて光を少しだけ反射しない。光の照り返しで表面の質感が違う。並べて比べないと分からない程度に微妙な差だ。

同じように邪蟻の針も仕分ける。こっちは総量で甲よりも数が多い。

その結果、品質Cは三十二個、品質C-は七個、品質Xが百五十七個。

数が多いなんてもんじゃないって！


昨夜、オレとヴォルフ、それにヘリックスが屠《ほふ》ったアリの数は十匹は超えているだろうか。

二十匹は超えてない、よな？　囲まれないように追い払うのだけで精一杯だったし。

少なくともオレが止《とど》めを刺したアリの数は五匹といない筈《はず》だ。

師匠の家の門番、強いな。

格が違い過ぎる。

作業場の扉が開くとメタルスキンが朝食を運んできていた。

作業台の空いたスペースに並べていく。

ん？

どうやら昨日見た熊肉料理があるようだが。

「ん？　もう朝か」

師匠が起きた。

昨日と違って意識もハッキリとしているようだ。

さては料理の匂いに反応したか？

オレと視線が合うと、何故《なぜ》か恥ずかしげな反応を見せた。食は細いが好物は別腹なのかもしれない。そうでなければ元々が食いしん坊なのかだ。

「うん？　仕分けはもう終わったのか？」

「はい」

「どれ、どんな感じかな」

六つに仕分けたドロップ品を見て回ると師匠はオレに質問を飛ばしてきた。

「一番数が多いものは何が違うか分かるかの？」

「いえ、何かが違うとだけしか分かりませんでしたが」

「ふむ」

師匠は品質Xの甲と針から一つずつ手に取ると作業台に置いた。

メタルスキンがそれ以外の品質Xの甲と針を師匠の《アイテム・ボックス》に入れていく。

「残りはお前さんの取り分でええじゃろ」

「ありがとうございます」

「そしてこの甲と針もじゃ。但し売らんように」

「え？」

師匠は食事にとりかかってそれ以上のことは言わなかった。何のために売るなと釘《くぎ》を刺したのか。一種の謎かけか？

オレが食事を始めるのが出遅れたとはいえ、師匠がオレよりも先に食事を終えていたのが驚きだった。

しかし朝から狩人熊《かりゆうど》の肉のステーキですか。ステータスを見たらちゃんと筋力値に効果が付いてる。今日の狩りは一味違うものになりそうだ。

今日も師匠に同行してレムトの町へと向かう。昨日と同じく、馬の残月と鷹のヘリックスの組み合わせだ。

違うのは天候で曇り、時々雨。小雨程度なんだが、魔物の反応が芳しくない。

パッシブ状態の魔物がやたら多いのだ。こっちから襲撃する形になる。結構、手間です！

《これまでの経験で召喚モンスター『残月』がレベルアップしました！》

それでも町の門が見えてきた所でインフォだ。移動途中で残月がレベルアップしてしまっている。事実上、オレを乗せて運搬してるようなものだ。

残月のステータス値が表示され、敏捷《びんしょう》値が既に上昇していることが示されていた。任意ステータスアップは精神力を指定しておこう。

**残月**

ホースLv1 →Lv2(→1)
器用値　7
敏捷値　19(→1)
知力値　7
筋力値　20
生命力　22
精神力　7(→1)

スキル
踏み付け
疾駆
耐久走
奔馬
蹂躙
蹴り上げ

穴を塞ぐべきか、極振りすべきか、どっちが正解なのかは分からない。単に一番低いステータス値が同じ数字で揃《そろ》うと美しいと思っただけだ。

町に到着、昨日と同じく冒険者ギルドに直行である。

道を行き来するプレイヤーの数は更に少なかった。そしてプレイヤーの半数以上が雨避《あまよ》けのローブなりコートなりを装備している。

今は雨も小降りで気にならないが、雨避けに何か買っておいた方がいいか。

冒険者ギルド内は更に閑散としているように見えた。大丈夫なのかね、これ？

師匠と共にギルド長の部屋に通され、昨日もいた年配女性が師匠の持ち込んだポーションを検品していった。

数が数だけにすぐには終わりそうにない。それに視界の中に揉《も》めそうな代物が映っていた。敢《あ》えて無視しとこう。

仮想ウィンドウでフィーナさん・サキさん・ミオ・レイナのメッセージを一括表示した。

同じ文面で返信を出しておく。

《レムトに到着。雑事を終えたら露店にでも顔を出します》

これでいいか。売りたいアイテムもあるし互いに実入りがあるだろう。

「おお！　今日は早かったな、オレニュー！」

師匠はギルド長の差し出す右手を無視して顎鬚《あごひげ》を摑《つか》んで引っ張った。

「何が早いじゃ、あれは何かな？」

部屋の出入り口の両脇には昨日なかった机が並んでいた。そこに並べてあるのはポーションの空き瓶。机の上だけでは足りず、下にも並べてあるようだが。

「ん、まあなんだ。頼みが」

「だが断る」

「全部言わせ…」

「言わせるか！　この耄碌爺《もうろくじじい》！」

「お主は！」

「この！」

おお、ギルド長も反撃に出た。

互いに髭を摑んで引っ張り合っていて会話は成立しなくなった。そのくせ意思疎通が出来ているように見えるのは何故だろう。


「ああ、気にせんでいいです。いつものことです」

「昨日より酷《ひど》いみたいですけど」

「二人きりなら更に酷い有様ですから。今更ですな」

「はあ」

昨日もいた中年のギルド職人は放置推奨であるらしい。それでいいのか？

まあオレも冒険者ギルドから依頼を受けている身だ。確認して貰《もら》っておこう。

師匠のとは別口の《アイテム・ボックス》からポーションを取り出して行く。

「昨日の依頼分が出来ました」

「ほほう、早いですな」

互いにポーションの数を確認すると検品を受けた。依頼数は三十本だが、納品数は五十三本である。

職員の【鑑定】では一本だけ撥《は》ねられてしまった。おかしいな、と思ってオレも【鑑定】してみたら確かに品質C-だった。

昨日の時点でチェックしてあったが、混じったのか【鑑定】に失敗したのか。

どっちにせよオレのミスだ。反省。

「依頼数を超えて納品とは助かります」

手早く計算を済ませたようで、小袋で買取り金額を渡された。中を確認したら百ディネ銀貨が十三枚だ。

千三百ディネってことは買取価格は一個あたり二十五ディネか。昨日より元値が上がっている、ということは冒険者への販売価格も上がってる筈だ。個人的には嬉《うれ》しいのだが、プレイヤー全体としてはどうなんだろう？

《ギルド指名依頼をクリアしました！》

《ボーナスポイントに5点、エクストラ評価で2点が加点され、ボーナスポイントは合計9点になりました！》

「では引き続き依頼したいのですが宜《よろ》しいですか？　次はポーション六十本を納品となります。期限は五日後です」

《ギルド指名依頼が入りました。依頼を受けますか？》

どうしようか。

期限が五日後なら西の森で薬草採取しながら自力で達成できそうではある。

問題は師匠だ。師匠はギルド長と髭を引っ張って睨《にら》み合《あ》ったままだ。

まあどうにかなる。受けておこう。

「分かりました、受けます」

《ギルド指名依頼を受けました！　五日後までにポーション六十本を納品して下さい》

「お願いします」

そう言うとその職員さんが予備で持ち込んでい

る《アイテム・ボックス》に空き瓶を入れ始めた。明らかに六十本を超えているんですけど！　なんとなく、何を期待してるのかは分かるけどさ。

中年の職員さんは空き瓶を入れ終えると、師匠の分の検品を手伝い始めた。

師匠は？　まだやっている。


「お前さんは暫《しばら》く町の中でも見物しておれ。ワシはこの耄碌爺に引導を渡さねばならんのでな」

「阿呆《あほう》めが。返り討ちにしてくれるわ」

師匠は一旦、髭の引っ張り合いを中断してそう言うと、今度は相手の顎を摑んで痛めつけようとする。

ギルド長の反撃は両こめかみへのアイアン・クローだ。奇妙に拮抗《きっこう》している。


そして二人の職員さんは黙々と検品を続けています。スルー耐性高いな！

これが師匠の日常なんでしょうか？

見物するのもアレだし師匠の言葉に甘えてその場を辞去する事にした。


フィーナさんの所の露店に行く前に買いたいものがあったので寄って行こう。昨日、綿の服を購入した服飾店だ。

オレがやや濡《ぬ》れ鼠《ねずみ》になってたのを見て店員がやたらと積極的に服を勧めてくる。苦心して能面を作り上げながら目的のものを告げた。雨避け用のコートだ。

品揃《しなぞろ》えはそこそこで値段は一緒だったから全部をざっと見て良さげなものを購入する。ポーション作製依頼で得た金額、その半分近くが吹っ飛んだ。

フィーナさん達が露店を開いていた場所に行ってみる。ちょっとだけ場所的にいいポジションになっていた。

いや、雨の影響なのか露店が若干少なくなっているのが影響してるのだろう。

「ちょっと早かったですかね？」

ミオの屋台ではまだ何も料理が出来ていないようだ。仕込みの最中であったらしい。

女の子らしからぬヤンキー座りで何か捏《こ》ねているようだ。

フィーナさんの露店の魚は、昨日の半分以下の品揃えになっている。代わりにといってはなんだが、屋台奥に袋やら箱やらが積まれていて売り場をも圧迫していた。

「あら、いらっしゃい」

「おっす！」

ミオはそのまま作業に没頭していった。

そしてフィーナさんからユニオン申請があったので受諾する。内緒で何か話があるんだろうか？

『ごめんね、昨日ちょっと色々あって今日はもう何人か会ってほしいプレイヤーがいるんだけど、いい？』

「それはいいんですが。何か問題でも？」

『まずは掲示板でいくつか情報を流してくれてありがと。やっぱり骨の一件は先手を打っといて良かったわ』

「は？」

何だろう。

意味が分からないんですが。

『鍛冶職人に片手槌《づち》の試作依頼をしたの。柄の素材は例の骨で。ちょっとした騒ぎになってるわ』

「騒ぎですか」

『ええ。武器としての性能はさほどじゃないんだけど、鍛冶生産職が使うと若干の品質向上効果があるらしいわ』

そう言われてもなあ。

鍛冶方面は正直、分かりません。

『で、今日は現物を持ってきて貰うことになってる。他の生産者ギルドからも追加で一人来る予定』

「はあ」

ミオがいきなりフィーナさんの顔を覗《のぞ》き込《こ》んだ。

『はいはい、仕込みは一段落したから！　内緒話は終了！』

その手には昨日見せて貰ったつくねが二本。

フィーナさんとの『ウィスパー』を解除する。

「まずは試食分からいこうか！」

手にしたつくねをオレとフィーナさんに振舞うミオ。

そのドヤ顔は何だ。

**【食料アイテム】**
縞野兎のつくね（塩）　満腹度+3%　品質C　レア度3　重量0+　敏捷値上昇[微]　持続効果約5分
ホーンドラビットの肉を細かく叩たたいて複数の香辛料で味を引き締め焼いた料理。
クワイと枝豆が入っていて食感にアクセントがある。

えっと。

変な効果が付いちゃってるじゃないの。


「なんて顔してるの、食べなって」

「なんか勿体《もったいな》無いんだけど」

「む。効果はどうでもいい、味が大事！」

フィーナさんにも無言で促されて食べてみた。

うん、確かに美味《うま》いし食感もいいな。ビールが欲しくなる味だ。

少しだけ食べ残して鷹であるヘリックスにも与えてみる。生肉じゃないけど普通に食べてしまった。


「うん、かなり美味いですね」

「でしょー！」

「私も料理だけはミオに勝てないわね」

「なにをー！　他にも色々勝ってるぞー！」

本物の姉妹みたいなやり取りは実に微笑《ほほえ》ましいものであった。

いや、サキさんも含めてリアルで本当の姉妹なのかも知れないが。

ミオとフィーナさんの会話に入り込めずにいると、乱入があった。レイナだ。

「おらー！　来たぞー！」

どうやらこれが彼女が登場する時のデフォルトっぽいな。そのままガールズトークに突入してしまい、身の置き場はあっという間になくなった。

「あら、いけない」

フィーナさんが最初に自重した。どこか冷静な分、やっぱり年上なのかな？

「そうだ、キースは運営インフォのデータは見た？」

「いいえ、ずっと手が空いてなかったのでまだですね」

「そう。じゃあ今からちょっと気を悪くするような話になるけどいい？」

何だろうな。

ちょっとだけ身構えて返答する。

「はい、いいですよ」

「運営は前にも初日終了時にプレイヤーが選択した種族と職業のデータは公開してるんだけど」

「色々と調べると面白いのよね！　因《ちな》みにプレイヤーがエルフを選択した数は凡《およ》そ百人、全体の3％もいないのよ！」

「今みたいに種族や職業でどの位の数のプレイヤーが存在するのかが分かるの」

「へえ」

そういえば二日目に運営からのインフォがあったような。件名だけ見て中身を読まずに保存した覚えがある。

二日目はパーティ募集の一件で凹《へこ》んでいたから忘却の彼方《かなた》に押し込んでしまってたからな。

「で、サモナーを選択したプレイヤーは貴方《あなた》だけ。そして今日来てたデータでもそう」

「人気がないみたいですよね」

「キースは何故だと思う？」

「えっと、なんかお荷物的な扱いだったような気がしますが。弱いって事なんですかね？」

パーティ募集で味わった記憶が呼び覚まされる。あれは地味にきつかった。

「そこがもう違うわね。レイナ！　あなたはサモナーが弱いって思う？」

「まさか！　戦力として見るなら最強レベルだと思うよ！」

「え？　じゃあなんで不人気なんでしょう？」

「ああ、どこから話すといいのかしらね」

フィーナさんが何やら苦悶《くもん》するような表情を見せる。ちょっと、いいな。そんな不謹慎な事を考えていました。

「じゃあ、ここにいる私達三人とキースに召喚モンスターとで六名分のパーティを組んで魔物を倒したとする！」

レイナが元気良く喋《しゃべ》り出した。

「パーティ全体に与えられた経験値は仮に六百あるとする！　その配分は？」

「一人頭で百ですよね。あれ？」

そうだ。

召喚モンスターの分は？

「実は召喚モンスターにも等分で与えられるのよね！」

「さっきの例で言えば私達は召喚モンスターも含めて全員が経験値を百、獲得するわよね」

「さて、ここで問題が発生する！」

「そう。例えば私から見たらキースが得た経験値は本当に百になるのかしら？」

えっと。

ああ！

「同じパーティでありながら三倍の経験値を得ている。そういう見方も出来る？」

「そう。私から見たら不公平と感じちゃうわね。サモナーと組むという事はそういったデメリットを甘受する必要があるわ」

「これが『ユニオン』、つまり複数のパーティが連合を組むと、更に格差は広がってしまう！」

「ユニオンを組むと基本、経験値はパーティの数で等分されるわ」

「そうか。六名のパーティとサモナーと召喚モンスター五匹のパーティがユニオンを組んだら格差は六倍って事に？」

「そういった見方も出来るって話」

これか。

これがサモナーが敬遠されていた理由か。

「そしてサモナーはレベルアップするに従って召喚できるモンスターの数が増えるわ」

「つまり成長すればするほど、サモナーと組むプレイヤー数の枠が少なくなるのは必定！」

これもか。

さっきの例で言えば、オレが三匹を同時召喚できるようになったら。

六名までしかパーティは組めないのだから、プレイヤーが一名、パーティから外れないといけない。

そして経験値の不公平感は三倍から四倍の構図になる、と。先に進めば進むほどに孤高の存在になっていく訳か。

「サモナーと組んだプレイヤーは自分がサモナーにとっての只《ただ》の駒みたいに錯覚するって意見は多かったわ！」

「サモナーと組めば先行して強くなれる。そう思っていてもサモナーのプレイヤーとの戦力差は広がる一方だし」

「ベータ版でサモナーをプレイしていた側にも問題はあったけどね！」

「まあベータ版でプレイしてた頃の誹謗中傷《ひぼうちゅうしょう》も酷くて的外れな意見も多かったんだけど。他にも揉める要因があったわ」

「ドロップ品の分配！　あるサモナーが冒険における貢献に見合わないって暴れちゃった事件！」

「あれは酷い出来事だったわ」

そのパーティはプレイヤー四名に召喚モンスター二匹だったそうな。

レア度高めの品が四つ獲《と》れてプレイヤーの頭数が四名であったために四人で分けようという話をしていた。

そうするとサモナーが活躍した召喚モンスターの分をも加えて二品を要求したのだとか。

うん、これは揉める。

「まあプレイヤー間の揉め事はよくあるんだけど。ちょっと目に余ったわね」

「ベータ版をやってたプレイヤーはほぼ全員が

知ってると思う！」

「まあそういった事情もあってねえ」

「サモナーは不遇職、なんて言う人は多いけど違う！　周囲が不遇になるって訳！」

「そして因果はサモナーにも巡って来るわ。ベータ版だと途中でサモナーと組みたいってプレイヤーはいなくなったわ」

あちゃー。

「だからサモナーはソロプレイ専門と見做《みな》された。そうでなきゃネタプレイ扱い？」

「運営はこの不公平感を本サービスで修正しないって宣言をしたのが止めだった！」

そうだったのか。

それでだったのか。

「知らずにプレイしてました」


「キャラ作成でサモナーの選択ができる可能性は親係累がサモナーの場合だけ。確率は多分エルフよりレアよね」

「ベータ版では半日かけてサモナー選択が出来るキャラが出るまで再作成で粘った強者もいたのよ！」

「この一件の責任は運営にある！　どうせ数は少ないし大きな影響はないって見切ったのかも！」

「いや、それはないでしょ。経験値分配をいじっても公平な形に修正出来なかったって可能性もあるわよ？」

「甘い！　それはシステム基幹全体を見直そうとしなかったのと同義！　怠慢よ！」

レイナの運営に対する意見が厳しいな。

ちょっと引いちゃう。

「でもね。サモナーと召喚モンスターを一括《ひとくく》りにして一人分の経験値を割り振ると今度はサモナーの成長速度が問題」

「そういう所を調整するためのベータテスト！　バランスが悪いの分かってて放置するのが罪！」

「そう熱くならなくても。もう今更ですし」

「でも事実上のソロプレイって事になるのよ？　この先大丈夫かしら？」

「いや、早々にレア度高めの素材を提供してくるのだから彼に見込みはあると思う！」

「運営がイベントを仕掛けて何かしらの修正を試みているのかしら？」

　若い時期にこの手のネットゲームに馴染《なじ》んでいなかったのは不利に働いたか。

　まあオレがこのゲームに参加しているのも他に目的がある訳で。妥協するしかないな。

「難しい事はよく分かりませんが適当にゲームを楽しめれば十分ですから」

　フィーナさんの露店の前にノン《N》・プレイヤー《P》・キャラクター《C》が買い物に来たので、会話はそこで中断になった。

　ちょっと間がもたない。


「あ、そうだ。また売れる素材を持ってきてるけどいるかな？」

　ミオが先に食いついた。

「食材！　縞野兎の肉は絶対！」

「残念。今日はないな」

「そっかー」

「ホーンラビットの肉はあるけど」

「欲しい！」

その後、ミオは一ディネ単位で値切ってきた。

媚《こび》まで売ってくるし。

色々とこっちがその気になる成分が足りません。

そしてアレを持ち出してきた。


「つくね。美味《おい》しかったでしょ？」

小悪魔め。

さすがに値切りすぎると起きるというペナルティは怖かったようだ。そこそこ安いがまあ許容できる値段に落ち着いた。

今日は大した狩りの成果はなかったので、ほんの四つしか肉はなかった。被害は最小で食い止められたと思えばいい。

「レイナにはこれがいいかな？」

邪蟻の針だ。

品質Cと品質C-で合わせて四十本弱ある筈で束にしてある。

「ちょっと、この数は何！」

「いや、まあ成り行きで入手出来ちゃったんですけど」

そう、蟻の大群の殆《ほとん》どを殲滅《せんめつ》したのは師匠の召喚モンスターであって、オレではない。実際、ドロップ品の過半数が師匠の取り分になったんだし。

「キースの素材提供力は異常！」

「やった！　西の森に行かなくていいかな？」

「ミオ！　それはダメ！　蝙蝠の牙も欲しいし、銀鶏だって狩りたいじゃない！」

「えー！　昼はいいけど夜はイヤー！」

そんなやり取りをしてる所にプレイヤーが割り込んできた。緑のマーカーなので間違いない。

男性キャラの二人組で片方は非常に特徴のある外見をしていた。背が低く豊富な髭、そして筋肉隆々とした体軀《たいく》。

ドワーフだ。

ドワーフはプレイヤーキャラとしてはわりと見る機会が多い種族だ。人間と比べると、敏捷値が大幅にダウン、知力値と精神力も若干ダウンするが、器用値・筋力値・生命力に優れている。明らかに前衛向けで武器を振り回す為《ため》に生まれてきたような存在だ。

このあたりは昔やったテーブルトークと通じるようだ。

その隣の男も見事な体軀をしている。

筋肉隆々としていてエキゾチックな顔立ちをしている。種族は間違いなく人間だが何やら不穏な雰囲気を感じさせる男だった。

この二人には共通する特徴がある。汚れた作業着に幾つかの革ベルトらしきものを身につけており、そこには幾つかの工具らしきものが挿し込んである。

目を引くのは槌だ。恐らくは鍛冶職人なのだろう。汗の臭いを周囲に振り撒《ふま》くような存在感があった。

「フィーナは接客中か」

「うん、もう少し待ってて！　というか依頼の品は持ってきたの？」

「完成しておるとも。これじゃ」

そう言うとドワーフが背中に括《くく》り付《つ》けていた物をレイナに渡した。

それは槌だった。その柄には見覚えがある。雪猿の骨だ。

「うん。確かに！」

「このサモナーはなんじゃ？」

「ジルドレ！　うちのお客さんに失礼はよしてね!!」

もう一人が目礼を飛ばしてきたので目礼で返しておく。オレをサモナーと呼んだって事は【識別】を使ったって事だ。こっちも【識別】しておくか。

ジルドレ　レベル3
ブラックスミス　待機

カヤ　レベル3
ブラックスミス　待機

二人ともやはり鍛冶職人のようだ。

彼らがフィーナさんに呼ばれたって事は、騒ぎとやらに関係しているのだろう。で、フィーナさんが言ってた騒ぎって何だろ？


「お待たせ。サキが遅れてるけど始めるわ」

フィーナさんがそう言うと再び『ユニオン』申請が来ていた。この件はどうあっても内緒話にしたいようだ。早速口火を切ったのはジルドレだった。

『フィーナ、一応これは試作品であるから出来を確認するために使い勝手を試した。これは危ういぞ』

『そこまで貴方が言うの？』

『まずは確認が先だな。試作品の現物がここにあるから【鑑定】してみろ』

そこにいたメンバーが次々と片手槌を手にとって【鑑定】していく。オレの番は最後になった。


**【武器アイテム：片手槌】**

響音の槌　品質C+　レア度4　AP+3　破壊力2　重量1　耐久値110　投擲可、射程10　鍛冶スキル補正効果[微]

雪猿の骨に鍛鉄と鋳鉄のハンマーヘッドを括り付けた槌。

ハンマーヘッドの重さに対して柄がやや長くて軽く、使いこなすのがやや難しい。

叩くと骨の中で美しい音が反響する。片手槌サイズで投擲もできる。

『これじゃ無理もない。ジルドレの所の騒ぎってどうなった？』

『見られただけでも痛恨事だが【鑑定】までされてはな。口止めはしてあるが油断はならん』

『身内なのにか？』

『身内だからだ。骨の情報は掲示板に上がっていたからまだ良かった。余計な事をしたら骨は入手出来んぞと釘を刺してある』

『ご愁傷様！』

『それにこれは依頼品だからな。無法な真似《まね》をしてこんな序盤から悪堕《お》ちしたくもあるまいよ』

何やら不穏そうな話が聞こえるんですが。

問題なのはやはり鍛冶スキル補正効果［微］の部分なんだろうか。武器の品質もレア度も素材から少し上がってはいるようだが。

『フィーナ、事前に打診した件だ。この槌の使用権レンタル、それしかない。そうでなければ身内連中を抑える自信がない』

『ジルドレ、貴方達は拠点をレムトから北のキャンプに移すって聞いたけど？』

『槌の移動に手間をかける愚は分かる。だがこれは妥協できる最低ラインだ』

『無茶じゃないかしら？』

『このキースが情報を上げておったが、信じておらん奴《やつ》もいる。いずれは抜け駆けを企《たくら》む者も出るぞ』

『情報はいずれどこかで漏れるものよ。情報の秘匿は利益の独占に他ならない。貴方がベータで私に言ったわよね？』

『ベータの時の事を蒸し返すな。カヤ、お前さんの所は大丈夫か？』

『情報を得られないか伝手《つて》を通じて試してみるって誤魔化《ごまか》したよ。まあ誤魔化しではなく実際にここにいる訳で』

『そういう事ではなくてだな』

『暴挙はない。そこまでズレてない。でも序盤から悪堕ちをあえて選ぶプレイヤーがいないって断言は出来ないよ』

良く意味が通じない話だ。

暴挙って何？

悪堕ちって何？

訳が分からない。

『ちょっと待って！　キースに話が通じてないっぽい！』

レイナがオレの様子に気がついたらしい。

フィーナさんとレイナによる補足説明がそこから始まった。

『この槌の性能で注目なのは鍛冶スキル補正効果【微】よ！　この槌を使う事でより良い武具ができる可能性が高まるのよ！』

『そうね。それは鍛冶スキルを持つプレイヤーの成長を後押しする事も意味してるわね』

『序盤から成長を後押しする武器アイテム、そしてその素材！　需要が高まるのも当然！』

『自然、雪猿の骨の入手経路に注目が集まるわ。鍛冶職人に高く売れるとなれば鍛冶職人以外も欲しがるでしょ？』

『フィーナがキースから情報を上げさせたのは次善の策！　骨の供給元を守るためにね！』

『キース相手にＰＫを仕掛けるなり、脅して骨を奪うなり、暴挙に出るプレイヤーが出るかもしれないの』

『でも現在の所、キースが受けてる依頼絡みでしか雪猿の骨は入手出来ていない！　そこもポイント！』

『キースがＰＫを受けてこのゲームを引退でもされたら鍛冶職人全員の恨みを買うことになる。そういう構図にしたの』

『情報の公開はキースが鍛冶職人に骨を提供する意思ありというサインでもある！』

『間接的だけどキースを守る力になるでしょうね』

えっと。

オレ、狙われる可能性があったの？

脅すとかなんか怖い。

それに意味が通じない単語がある。

「すみません、モノを知らないんで質問いいですか？　ＰＫって何？」

その場の空気が凍りついたような気がした。

『ＰＫを知らない、だとお？』

ずっと黙っていたミオが唸《うな》った。

理由は分からないが怒っているような気がする。

いや、ＰＫと聞いて思いつくものはあるけど、このゲームと関係ないでしょ？

『本当に知らないの！　ＰＫだよＰＫ！』

「サッカーでキーパーとキッカーが一対一で」

『それはペナルティキックのＰＫ』

「ほら、超能力者が手で触らずに物を動かしたり」

『それはサイコキネシスのＰＫ』

「ゲームとかで後付けの追加シナリオとか機能強化してるプログラムを売ってるよね？」

『それは某社が出してたりするパワーアップキットのPK』

「死語だと思うけどパンツが」

『言わせないよ！』

興奮するミオをレイナが羽交い締めにして抑止した。いや本当、意味分かりません。

『フィーナよ。この男は本当に大丈夫か？』

『キースはこの手のゲームは本当に初心者みたいよ？　そうだ、説明はジルドレにお願いしたいけど』

『断る。付き合いはお前さんの方が長いだろうに』

『ほんの一日なんだけど』

フィーナさんは深く溜息《ためいき》をつくと説明を始めた。

『PKはプレイヤー・キラーの略。プレイヤーがプレイヤーを殺してしまう行為そのものも意味するわ』

「そんな事ができるんですか？」

『この手のゲームでは仕様として禁止しているのもあるけど、アナザーリンク・サーガでは可能』

へえ、そうなのか。

ゲームとはいえ結構な自由度があるんだな。

犯罪行為もアリとは社会の縮図と言えなくもない。

『プレイヤー・キラー行為は程度がどうであれ、俗に悪堕ちと言われてる現象が起き易《やす》いの』

『盗賊、ならず者、詐欺師、暗殺者といった犯罪者の職業に強制ジョブチェンジする事になる！総称して悪堕ち！』

『そういった職業でないと得られないスキルも

あったりして望んで悪堕ちを狙う人もいるのよね』

『悪堕ちしたプレイヤーの偽装スキルや変装スキルは厄介！　ベータ版でも酷い目に遭遇したし！』

『オレは少人数のＰＫ行為は是認する立場だけどな。ゲームにだって適度な緊張感が必要だと思うしねえ』

カヤが会話に割り込んできた。

『だからこそ対応は先手を打つべきだね。キースを守るための予防線をもう一枚張る事を提案したい』

『カヤ、具体的には？』

『ジルドレ、フィーナ、僕の三人で掲示板のアイテム情報スレに状況を書き込もう。そして主なスレに拡散する』

『内容は？』

『ぶっちゃけ再度警告だな。あと鍛冶職人には個人で持ってる伝手を使ってメッセで回状を出そうか』

『フィーナはそれでいいのか？』

『ジルドレこそいいの？　貴方の所のプレイヤーズギルドは全員が鍛冶持ちで影響が大きいと思うけど』

『甘受しよう。なんにせよ現物が一つしかないのでは致し方ない』

なんか大変な状況みたいなんですけど。

オレも当事者みたいに扱われているが正直実感がない。

困ったな。

骨か。

話を切り出すタイミングがなかったけど、今のうちに話をしておこう。

「ああ、現物と言えば。雪猿の骨なら何本かありますけど」

再びその場の空気が凍り付いた。

間違いなく、凍り付いた。

何故だろう、オレに突き刺さる視線が痛いです。

「とりあえずお茶でも飲んで落ち着いてから話を続けましょうか」

「あー、今までの話し合いの意味が半分位吹き飛んだかなー」

ウィスパーを一旦解除すると皆でお茶となった。

ミオの脱力感が酷く見える。

オレに聞こえるように愚痴を言うのはお願いだから止《や》めて欲しい。

「あー、なんか疲れたー」

「ミオ、あんたはツッコミ入れてただけ！」

フィーナさんの目の前にはオレが取り出したアイテムが並んでいる。

雪猿の骨が三本、雪猿の皮が一つ、雪猿の骨を使った石斧《せきふ》が一丁だ。

フィーナさんが沈黙したまま考え込む様子をジルドレとカヤが見守っている。ミオ達とは対照的に奇妙な緊張感がある。

「これは提案。ジルドレの所に骨二本、カヤの所に一本、石斧は分解して私の所に」

「形はどうするかね？　キースと直接交渉するにしてもフィーナを仲介にした方が無難なんだが」

「リスク回避だけで大仰だけどその点も考えたわ。それはダメ」

「そんなにカルマが怖いか？」

「当然。経験値と引き換えでもゴメンだわ。でも値付けは私の方でやるのがいいでしょうね」

「承知だ。カヤはどうだ？」

「そっちの方が気楽でいいねえ。つかキースに売る意思がないと意味ないよ？」

一斉に視線が飛んできた。

いや、怖いですよ皆さん。


「売ります。値段についても異存はないです」

「ああ、それに掲示板の件は早めにやっておこう。激レアがレアになっただけに過ぎんのだし」

「使用権レンタルの話は無しだな。だがこっちで分担する二本のうち一本は使用権をレンタル出来るようにしようと思う」

「ジルドレ、それでいいの？」

「構わん。こっちから提案していた事だ」

「本音を言ってもいいのよ？　鍛冶スキル持ちのプレイヤーをもっと囲い込みたいんでしょ？」

「フィーナ。うちのギルドは鍛冶職の独占を目指してる訳ではない。より効率的な支援に必要だからだ」

「立派な信念で結構だわ」

なんかフィーナさんとジルドレの間では色々と含むような言い回しが多いな。昔なにか遺恨でもあったんですかね？　仲良くして欲しいものです。


「うちの方でも使用権レンタルはしたいわね」

「うむ。少しでも不平不満は解消すべきだ」

仲が悪いように見えても双方に一定の合意は成立する。なかなかにビジネスライクで好ましくはある。


「キース、ここからは商売の話になるけどいい？　私が付ける値段は骨は一つで千二百ディネ、石斧は千三百ディネよ」

「おい、低過ぎないか？」

「それでもレア度暫定基準で計算した数字にギリギリの上乗せをしてるわ」

「なあ、オレ達が不当に利益を得るような構図を作ろうとしてないだろうな？」

ジルドレとカヤの表情は切迫している。

何か問題でも？

「言っておくけどキース一人にカルマを背負わせるつもりなら別の値段を付けるけど？　見損なわないで」

その言葉には二人とも押し黙った。

カルマって業のことか。

そんなステータスは見た事がない。

「同意する？」

「分かった」

「うん」

ようやく長い話し合いが終わったようだ。

そしてオレの手持ち金に百ディネ銀貨が四十九枚追加になった。冒険者ギルドで貰った報酬を入れてある小袋に放り込んでおく。

ジルドレとカヤは用件が済むとさっさと姿を消してしまっていた。

「お待たせ！　ちょっと手間取ったけど防具が出来たわ。サイズ微調整するから一旦装備して貰っていい？」

サキさんが屋台に着くなりそうは言ったものの、こっちの様子が変なのに気がついたようだ。

恐る恐る聞いてくる。

「ねえみんな、遅れてきた事を怒ってるの？

だったらゴメンね」

「あーサキ姉、そういうんじゃないんよー」

「サキ。キースへの納品を先に済ませて、話はその後で」

サキさんが取り出した防具は実用性重視のものでミオが装備しているような可愛《かわい》らしいデザインとは無縁のものだった。

防具は肩周りに多少の余裕があったので詰めて貰うことに。とは言え革紐《かわひも》で調整できたのですぐに済んだけど。

上半身だけで見たら左側と右側で非対称のデザインになる。素材は基本、野兎の皮を加工したものだ。胸当ては心臓を胸側と背中側からカバーする事を重視したもので上半身を全てカバーはしていない。まあ六割方って所か。そして心臓位置の部分には補強として邪蟻の甲がカバーとなって付けてあった。

特徴は左肩カバーに雪猿の皮が使われていて、鷹であるヘリックスが止まるのに十分な厚みがある。同様に雪猿の皮は左腕のカバーにも使われていて、そっちにもヘリックスは止まることが出来た。ヘリックスが今までの定位置だったロッドの先端に行かなくなってしまっている。今まで不自由させてゴメン。

両肘と両膝のパッドも野兎の皮製で、注文通り邪蟻の甲がカバーに使われていた。

そして両手のオープンフィンガーグローブ。これも野兎の皮製でかなり柔らかく加工してあるようだ。拳を握るとナックルパートの皮に四つに分割された邪蟻の甲が張り付けてある。手の甲も同様の工夫がしてあった。

文句の出ようがない仕上がりだ。

【鑑定】してみたらこんな感じである。

**【防具アイテム：胸当て】**

野兎の胸当て+　品質C　レア度2　Def+5　重量4　耐久値100

野兎の皮製の胸当て。皮は柔らかいまま加工して動きやすさを優先させている。

[カスタム]

左肩に雪猿の皮を用いている。

心臓部分のカバーに邪蟻の甲を用いており、僅かながら防御点と耐久性の向上を得た。

邪蟻の甲は嵌はめるだけで交換が可能。

**【防具アイテム：腕カバー】**

雪猿の腕カバー　品質C+　レア度3　Def+2　重量1　耐久値80

雪猿の皮製の腕カバー。

皮は非常に柔らかく加工して突起物が程良く食い込むようにしている。

**【防具アイテム：肘当て】**

野兎の肘当て+　品質C　レア度2　AP+2　Def+2　重量1　耐久値80

野兎の皮製の肘当て。皮は柔らかいまま加工して動きやすさを優先させている。

[カスタム]

打突部分に邪蟻の甲を用いており、肘打ち攻撃に補正がつく。

**【防具アイテム：膝当て】**

野兎の膝当て+　品質C　レア度2　AP+2　Def+2　重量1　耐久値80

野兎の皮製の膝当て。皮は柔らかいまま加工して動きやすさを優先させている。

[カスタム]

打突部分に邪蟻の甲を用いており、膝蹴り攻撃に補正がつく。

「キースはサモナーで魔法も使う訳だから金属部品はなし。当然装備する事によるペナは付いてないわ」

「十分過ぎますよ」

「いやいや。ああ、もっと皮があったら上半身をカバーできるように仕立て直しできるし、腰周りも作れるからね」

「そうですか、皮は数枚しかないんですが邪蟻の甲はもうあるんで、いずれ注文するかもしれません」

「え？」

フィーナさんが机の上を指差す先には雪猿の皮が一枚。それに重ね合わせてある邪蟻の甲に邪蟻の針の束がある。

「サキ。また持ち込みがあったのよ」

「なるほど、これはまた腕が鳴るわね」

「さっきまでもっと洒落《しゃれ》にならない物もあったけどね！」

フィーナさんはその手に石斧を持っていた。柄が雪猿の骨の代物だ。

「骨、更に三本あったわ」

「それはまたしても爆弾になるのかしら？　揉めなかったの？」

「当面は凌《しの》げたって思いたいわね」

「じゃあ交渉はもうフィーナの方で終わらせたのね？　出遅れてゴメン」

「いやー精神的に参ったわー」

「え？」

「サキ、後で話すから」

すみません。

なんか余計なことでご迷惑をかけております。

でも知らないものは知らないんですよ。分かってください。

「キース、こっちの品は私達に売る？　それとも何か作る？」

「そうですね、頭を防御できる装備は作れそうですか？」

サキさんに目を向ける。また何やらブツブツと呟《つぶや》き始めた。前も見たがこれは彼女の計算する時のクセのようなものなのか。

「もう一枚、いや二枚。野兎の皮はある？　ちょっと工夫しないと。これだけだと難物だわ」

「あります」

「あとさすがに頭のサイズは測らないと。頭鉢は当然フルカバーにするけど」

「耳カバーは最小に出来ますか？」

「うん。それは大丈夫かな？」

改めて《アイテム・ボックス》を漁《あさ》る。

レムトの町へと来る途中で狩ったホーンラビットから剝ぎ取った野兎の皮は三枚あった。ついでに邪蟻の甲と針も売れるものは出すことにした。

「これらの皮は全部渡せます」

「フィーナ、計算お願い」

「やっておくわ」

「おっと、防具の加工費だけど六百ディネ程でいいかな？　雪猿の皮だしちょっと上乗せになるけど」

「大丈夫です」

それでも収支は十分にプラスだ。

冒険者ギルドの依頼分もある。

「じゃあ頭のサイズ測っちゃおうか。そこの椅子に座ってね」

「あ！　サキ姉、私達って西のレギアスって村に行くんでしょ！　受け渡しはどうするの！」

ミオがフィーナさんを見るが彼女は思い出したかのように舌打ちした。

「フィーナがレムトに残ればいいんだけど東に仕入れに行くんだっけ」

「今日の午後にはね。もう四人ほどギルドの身内を待つことになるけど明後日《あさって》までレムトには戻らないから」

「配達は無理か」

「いや、納期はそうシビアじゃなくていいです。今の調子でも一部の魔物以外は不便がないんで」

「いやいや、新たな獲物を求めて狩りをするならいい防具は早めに準備しなきゃ」

でもフィーナさん以外は西の方向に行くのか。方向が一緒なら落ち合うのも楽だろう。

「では出来上がったらメッセージで連絡して下さい。私も西の森周辺でうろうろしてますから」

「いいの？」

「ええ。ついでと言ってはなんですがレイナさんはロッドを作れますか？」

「え？　そりゃ木工職人なんだし当然！　ロッドは単に棒状に加工するだけだから至極簡単！」

「じゃあ依頼したいんですが。材料となる木材はさすがに手元にないんですけど」

「じゃあ素材はこっちにお任せね！　先に加工費だけ貰って材料費は後で請求でいい？」

「大丈夫です」

「よし！　じゃあ二百ディネで！」

おお、意外にリーズナブル？

「サイズはどうする？　あと素材に注文はあるかな？」

「長さは五十インチ、太さは一インチで」

「ちょっと単位がおかしい！」

おっと。これは失礼。換算ついでに少し注文サイズも調整しとこう。

「長さは百二十センチ以上百二十五センチ以下。太さは二十五ミリ前後の円形で。材質は硬い方がいいんですが、汗で滑り難いのがいいですね」

定番のサイズに比べると気持ち短めでやや太めのサイズになる。よく素材とされる白樫《しらかし》は硬くて丈夫だが滑るんですよ。

このゲーム世界にはより良い素材があるものと思いたい。

これで装備関係は一定の強化になるかな？　いや、靴が残っているな。もう少し皮を調達しないとダメだろう。木靴はさすがに避けたい。

「了解！　あとキース、ロッドで殴るような戦い方を考えているでしょ！」

「はあ。普段も殴る方向で使ってます」

「どの武器も使い続けると補修が必要になるものだけど、木製武器は補修が難しいの！　その点は注意して！」

そういうものなんでしょうか？

安い武器ならそれでもいいか。

「分かりました」

「おう！　ちょっと工房で素材探してくる！」

レイナはバタバタと出て行こうとするが、後ろから襟元をミオに引っ張られた。

首、絞まってます。

「レイナちゃん、つくね食ってねーし！　味見てよー！」

そんな様子を見るフィーナさんもサキさんも少し雰囲気が和らいでいるようだ。

ああそうだ。フィーナさんに質問しとこう。

「そういえば先日売った中にレア度4のアイテムもありましたけど、それは騒ぎにはならないんですか？」

「ああ、縞野兎の角ね。あれはもうそこそこの数がプレイヤーに狩られてるから。用途も既に知られてるし」

「何に使われるんですか？」

「ロープの先に付けたり、ピッケルみたいに使ったり、棹《さお》状武器の先端にしたり色々ね」

「魔物の素材も色々と使い様があるんですね」

「ええ」

「雪猿の骨にしたってフィールドクリアした先にいけば普通に手に入るんでしょうね」

「間違いなくそう。それにしても骨に関しては運営が意識して誘導してるのかどうかも気になるわね」

「は？」

「矢が不足、ポーションが不足、序盤に見合わないアイテムの提供、色々と穿《うが》った見方をするとどうしてもね」

「何か問題になりそうなんですか？」

「わざと問題点を作って平時に乱を望むような介入だとするとね。今後も似たような事を仕掛けてくるかも？」

「はあ」

「ゲームの中だからこそ人間の欲が剝《む》き出《だ》しになるような行動が起き易いの。困った事だわ」

ゲームの中だからこそ、プレイヤー・キラーなんてものも横行するって事なんだろうか。気をつけたいものです。少なくとも、他人に迷惑をかけるような言動は慎んでいかないと。

確かにオレはこの手のゲームは初心者だ。

本当は色々と相談すべきなんだろうな。


ミオが昼飯の仕込みに取り掛かり、レイナも工房に戻ってしまった。オレも師匠を迎えに冒険者ギルドに向かうとしよう。

それにしても短い時間で実に多くの出来事があった。色々と知らない事が多くて困る。知らないって事は罪なんだろうか？


雨はやや強くなってきていた。

町の中を往来する人々も減って町そのものが寂

しく暗いイメージが強くなっていく。雨を避けるためにコートやローブで顔を覆う人も多い。

プレイヤーの緑のマーカーも見かける機会がさらに少なくなっていた。


冒険者ギルドの前では師匠がバトルホースの手綱を引いていた。

荷物となる《アイテム・ボックス》はギルド職員さんが持っている。急いで駆け寄り、師匠のバトルホースに載せるのを手伝った。


「すみません、遅れました」

「丁度用件が終わった所じゃし気にせんでいい。今日は雨じゃし急ぐぞ」

「はい」

町を出る。

雨はより強く降り出して周囲の風景を煙らせていく。馬での移動も所々でぬかるみがあって残月の馬体を容赦なく汚していった。

手綱を操るのがあまりに不安になるから、フィジカルエンチャント・アクアで器用値は底上げしておく。それでも乗馬は辛《つら》い状況だった。落馬しなかったのは偶然だろう。

町の姿が雨の中に消え、周囲に人がいないのを確認した所で師匠はバトルホースを帰還させた。続いてロック鳥を召喚する。

オレも残月を帰還させてヴォルフを召喚する。昨日のようにロック鳥の背中によじ登って傷塞草の採取に向かう事になった。


雲海の上は当然ながら青空が広がっている。

そして寒い。雨に濡れているのだから寒いのは当然だろう。

師匠は何で平気なのかは未《いま》だに謎だ。

ヴォルフに抱きつきながら移動時間を運営インフォを見る事に充てる。フィーナさんが言っていたプレイヤーの動向についての統計データだ。

最初にプレイヤー別に行毎の生データが載ったシート。

プレイヤー名は伏せてあり、個人特定を避けるためなのか幾つかの列のデータはマスクされていた。

行数の最後を見ると、プレイヤー数は三千六百人を少し超えている。

次のシートは基本的な項目を選択するだけで対象となる人数やら分布やらを集計できるものとなっている。


例えば種族別分布。

人間が過半数を大きく超えており、ドワーフは全体の約一割、エルフは3％もいない。

他にも職業別、スキル別で集計出来るようで、それぞれ条件を指定したり、条件別に分布をグラフ化出来るみたいだ。

色々と弄《いじ》ってみよう。

サモナー職を選択したプレイヤーを調べてみる。一人しかいない。オレですよね？

選択したプレイヤー数が少ない順番で職業を並べてみる。

驚くべきなのか、サモナー以外にも一人しかいない職業があったりする。

ソートしたら一番上がサモナーではなかった。

並べてみるとこんな感じだ。

グラスワーカー（ガラス職人）
サモナー（召喚術師）
ストーンカッター（石工）
ラピダリー（宝飾職人）
ランバージャック（樵《きこり》）

オレ以外は生産職な訳か。
以下、レアな選択をした職業を並べて眺めてみる。

フィッシャーマン（漁民）　二人
ブリュワー（醸造家）　二人
セラミックワーカー（陶芸職人）　二人

アルケミスト（錬金術師）　三人
バード（吟遊詩人）　四人
ファーマー（農民）　五人

少し気になるのは吟遊詩人か。
ヘルプで検索して情報を呼び出してみると、魔法職に分類されているようだ。
母数が約三千六百人に対して四人というのは少ないよね？
ちょっとだけだが親近感が湧く。
ファーマーから先になるといきなり五十人を超えてきた。

マーチャント（商人）　五十一人

ファブリックファーマー（織物職人）　五十五人
ファーマシスト（薬師）　五十八人

フィーナさんがプレイしているマーチャントもこう見るとそんなに多くないようだ。

全体の2％を切っている。


ちょっと面白くなってきた。スキル取得状況からも適当に絞り込んで見てみるか。

魔法とかはどうだ？

魔法スキルを一種以上習得しているプレイヤーを抽出して、魔法技能の取得数別で絞り込んでみる。

一番多く取得してるのは五種類で全体でも一人しかいない。多過ぎるだろ。


オレだって光、風、水、土の四種類で多いけどな。

いや、待て。

召喚魔法も対象、だった。

これもオレかよ！

分布を見ると、一種類取得が過半数をやや上回り、二種類取得と合わせると全体の九割を超えていた。

やはり成長の効率を考えたら、なるべく取得する魔法は絞る方が良いとの判断なのだろう。

オレの場合は成り行きで次々と取得していて後先をほぼ考えていなかった。

その結果がこの様です。でも反省はしない。

それはまあ別にいいとして。

プレイヤーの傾向を知るには色々と活用出来そうなデータだと思う。どう使えるかは別にして、こういった資料そのものに興味が湧いていた。数字の羅列の中に数多くのプレイヤーの意思を汲《く》み取る事が出来そうな気がする。それだけだ。

スキル別で何か適当にデータ抽出しようかと思ったが、採取場所に到着してしまった。
これは後回しだな。時間が余って手空きになったら弄ってみよう。

〈つづく〉

繋章

ああ、これじゃダメ！

でも心惹《ひ》かれるステータスの並びが目の前に！

もう何時間、キャラクター作成を続けているだろう？

操作は単純。種族は人間に固定。性別はプレイヤー準拠で変更は出来ない。私の場合は当然だけど女性だ。この項目がある理由が分からないけど、今はどうでもいい。

クリックする度、選択可能な職業欄を見る。同時にステータス値にも目を凝らしてるんだけど。

今、目の前に並ぶステータス値は実に好ましい。器用値と敏捷《びんしょう》値が共にキャラクター初期値の上限にかなり近いのだ。

でも選択可能な職業欄にサモナーがない。親係累によって選択出来る職業が異なる仕様であるからだ。

今回は村人。ベータ版でやっていたハンターは選択出来る。このままハンターで、という考えは当然ある。

でも約束がある。本サービスはお互いにサモナーで、という約束なのだ。私には異論は無い。だって色んな召喚モンスターを連れて冒険するのって、楽しそうなのだ。

問題はサモナー職の風聞だ。本サービスへの移行に従って修正が行われるとの噂《うわさ》があった。サモナー職に関しては大幅な仕様変更があるかも？そんな観測もあったけど、本サービス開始直後のプレイヤーは一名だけ。皆、躊躇《ちゅうちょ》していたのは明らかだ。数日、様子を見る事も出来るだろうけど判明するまでにどれだけ時間が掛かる事か！

様子見をするだけの忍耐力は私には無い。
彼女にも無い。
時間との勝負だ。
あ！　親係累で宝飾職人？
これもレアだけど、目的はサモナーだ。浮気しちゃいけない。クリックを続けよう。

でも気をつけなきゃ。気付かないうちにクリックを連続してしまう！　親係累でサモナーが出たのに気付かず、次のクリックをしてしまう可能性は高い。
集中力も切れてしまいそうだ。でも、負けない！

**イリーナ**
種族　人間　女　種族Lv1
職業　サモナー（召喚術師）Lv1
ボーナスポイント残16

基礎ステータス
器用値　15
敏捷値　13
知力値　18
筋力値　10
生命力　10
精神力　16

スキル
杖Lv1
弓Lv1
召喚魔法Lv1
土魔法Lv1
錬金術Lv1
平衡Lv1
鑑定Lv1
耐久走Lv1

どうにか、サモナーが引けた。丸々二日間を費やし、三日目でようやくだ。少しだけ安堵《あんど》する。

どうしても、サモナーじゃないといけない理由がある。でも時間を浪費したくない理由もあった。

業務報告は週報スタイルだけど、下手したらキャラクター作成で終わる所だ。給料泥棒と叱責される事はないと思うけど。


一旦、キャラクター作成画面を閉じてログアウト。アイマスク一体型のヘッドギアに手を当てる。

ズレは無い。

ログアウト時のデータのオバーフローはそう大きくない。本格的な感覚同調はしていないのだから当たり前だ。

バーチャル・リアリティを実現するにはプレイヤー側の情報も必須になる。相互にフィードバックするにはどうしても必要なのだし当然なんだけど。

そのデータ転送量の推移を仮想ウィンドウに表示してみる。一時的にだけどバッファ容量にかなりのデータが残っている。ゲーム世界に入ってもいないのに。次のログイン時に破棄されるデータだけど、これも重要なのだ。

バックアップをしておく。


試作品のバーチャル・リアリティ・ギアの調子はいい。簡易型であるけど負担は少ない。

全ての感覚をバーチャル空間に反映させる、所謂《いわゆる》フルダイブは簡単ではない。全身を生理食塩水で満たした浴槽に沈めてモニターしながら慎重に行うのが普通だ。俗に浴槽型、と言われているけど大きな問題がある。

コストだ。

相応の需要があり、大量生産も可能だったから車を購入する感覚で済んでいる。

それでも、高い。

二年前までは、そうだった。

現在では簡易型のバーチャル・リアリティ・ギアが主流になりつつある。これはちょっと高めの自転車程度のものだ。

但し、これにも問題がある。

神経伝達系でモニターし、フィードバックを頭部に集中させている事だ。手にはモニターグローブ、足にもモニターソックスを装備して負担を軽減している。それでも浴槽型と比べたら大きな性能差があった。

この試作品はその差を大きく埋める事を企図している。その鍵は補助脳とも言える支援ギアだ。

簡易型では脳に対する負担が大きい事も問題点になる。全身の感覚と同調するのに脳が必ず介在するのだから当然だ。

その上、ログインとログアウト時の感覚同調に対する違和感も大きい。どうしても、ズレが生じる。これはギアの問題でもあるけど、個体差による影響もある。

支援ギアは個人に合わせて修正を行う機能を備えている。その効果を検証する為にデータを取るのが今の私の仕事だ。

狙いはそのプログラムを共通規格プログラムへ組み込む事。

既に珍しくも無くなったバーチャル・リアリティの世界だけど、まだ普及する余地がある。

今、注目なのはリハビリの世界だけど、もっと大きな需要があるのだ。

介護福祉の世界。まだ可能性の話だけど、既に過当とも思える競争は始まっている。

普及するまで十数年といった所だろう。どこが世界のスタンダードを握れるのか？　ここ数年が勝負になる筈《はず》だ。


ヘッドギアを装着したまま、目の前の仮想ウィンドウを操作する。仮想キーボードを使って電話機能を立ち上げた。

アデルちゃんはいるかな？


『ヤッホー！　イリーナちゃん！』

「お元気？」

『まだ、サモナーが引けてないよー！』

「頑張って！　私はついさっき、作成出来たわ」

『あーん！　待っててー！』

「分かってるわ。出来たら連絡してね？」

『うー、頑張る！』

アデルちゃんとはベータ版からの付き合いだ。一緒にいると、楽しい。

バーチャル・リアリティ・ギアの開発は確かに仕事だ。でも半分以上、趣味でやっている所がある。会社からは『思いっ切り遊ぶつもりでいい』とお墨付きもある。

だから、いいのだ。


再度、アナザーリンク・サーガ・オンラインにログインしよう。今度は最初の町、レムトを歩きながらメニュー画面の操作範囲を確認だ。ベータ版からどんな変更があったのか、概《おおむ》ねは掲示板の情報で確認してある。

ただ、歩き回るだけでも意味がある。

経験値稼ぎにならない状況下で、どれだけの情報がやり取りされているのか？　それも重要だ。

基準となる情報になるだろう。


ヘッドギアを脱ぐ。

どうしてもこの試作品で不満なのが、これだ。長時間の装着で汗が滲《にじ》んでいた。髪の毛もベタベタしてて、これがまた気持ち悪く感じてしまう。

それにおトイレにも行きたくなっている。


その感想は？

凄《すご》い！　その一言に尽きる。

ベータ版と比べて、感覚設定に自由度がある事は素晴らしい。思わず、感覚同調を最大にしてしまった。

最初は突っ立っているだけ。

それでも分かる。異常だ。現実との差がまるで感じ取れない。他にもバーチャル・リアリティを売りにしているゲームは幾らでもある。でもこれ、別格だ！


支援ギアを見る。

感覚同調のデータを溜《た》めるだけでなく、その解析によって負担を軽減する筈だが。

短い時間であるのにデータ転送量が凄い！　他のギアであれば無意味なデータとして廃棄しているのまで溜めてもいるのだけど。この量、何なの？　常時、バックアップを取得してデータ領域を確保しておかないといけないだろう。

通信回線のデータ転送量には？　問題は無さそうだ。それでも思う。これだけのデータをやり取りするサーバーって一体？

しかもリアルタイムで処理しているように思える。尋常じゃない。

これからの方針は？

一応、感覚設定はデフォルトのままで通しておくべきだろう。当面は基準となるデータ取得を優先したい。感覚設定を弄《いじ》るのはもう少し後からでも遅くは無いだろう。

別途、バックアップを繋《つな》いで支援ギアのデータ領域を確保出来ているけど不安だ。今は安全策でいい。

週報には支援ギアのメモリ増強を提言しておこう。

小休止を終えて再びヘッドギアを装着する。もう通常業務もこれを介してするようになった。何故《なぜ》ならこれだけで業務を全てこなせてしまうからだ。面倒が無い。

別途、特許庁データベースを閲覧して関連特許の出願状況を確認する。既に成立している特許も確認が要る。これも私の仕事だ。

特許は出願され公開されている時点で既に過去の技術になっているとも言える。真似《まね》する事は普通に出来ない。調査するのには二つの意味がある。

市場の開発動向。

これは自社の開発方針の検証にもなるから大きな意味を持つ。比較する事で自社技術の特許化への道筋を付ける事にも繋がる。だから請求範囲には注意すべきだ。

もう一つが特許異議申立。

気付かないうちに出願された特許がそのまま成立すると、とんでもない事が起きる。そんな出願もあったりするのだ。申立が出来る期間は限られているからこれも早急に手を打つ必要がある。


本来、こういった仕事は知的財産を扱う部署が行うべきなので私は支援するだけだ。仮想ウィンドウで知的財産部の確認リストを表示する。

特許庁データベースで使用したキーワードと調査範囲、その進捗が表示されている。要調査範囲は優先順位を付けてリストの上に表示されていた。少しでもいいから進めておこう。アデルちゃんがサモナーを引くまでの間だけど。

それにしても在宅で仕事が出来るのって便利だ。通勤が不要である点は実に好ましい。報酬も基本給以外は成果次第。今の私にはこれ以上の職場は無いだろう。


「……」

目の前に並ぶ数字を見る。

ああ！　これでゲームを進めてみたい！

でも選択出来る職業にサモナーは無い。

破棄！


「次！」

中々、サモナーが引けない。何で？

イリーナちゃんはもう出来ている。

待たせるのはいけないし！


延々と続く数字の羅列。でもそっちは重要じゃない。選択可能な職業にサモナーがあるかどうかだ。


『お嬢様、お茶をお持ちいたしましたが』

「置いといて！　今、忙しいの！」

外部回線から声が聞こえているけど、今はお茶をする暇は無いのだ！

次！

次よ！

次ニャッ！


アナザーリンク・サーガ・オンラインだけどベータ版ではハンターだった。本当はそっちでもサモナーをやってみたかったんだけど。全然、引けなくて結局ハンターにしてしまった。これが良くなかったのだろう。

サモナーが従える召喚モンスターを愛《め》でる機会はそう多くない。撫《な》でて、愛でて、そして決心した。本サービスでは絶対にサモナーにするのだと！

それでも懸念はあった。

サモナーは、強い。でもベータ版では召喚モンスターがプレイヤー枠を埋める事から色々と問題を起こしてしまった。

それだけに風聞は宜《よろ》しくない。それでも、やると決めてあった。ベータ版で仲良くなったイリーナちゃんもサモナーをやるって言ってくれたし。

私はモフモフが好きだ。

大好きだ。

とてつもなく好きだ！

イリーナちゃんの場合は？

小さな子が好きなのは分かっている。妖精さんと戯れている様子はもう可愛《かわい》くて可愛くて！　彼女も召喚モンスターに魅了されているのは明らかだ。

待っててね、イリーナちゃん！

一緒に立派なモフリストになろうよ！

あ。

来た！

サモナーだ！

ストップ！

クリックしたら台無し！

名前名前！

いや、これはもう最初から決まっている。

入力入力！

**アデル**

種族　人間　女　種族Lv1

職業　サモナー（召喚術師）Lv1

ボーナスポイント残15

基礎ステータス

器用値　14

敏捷値　15

知力値　16

筋力値　11

生命力　9

精神力　16

スキル

杖Lv1

弓Lv1

召喚魔法Lv1

火魔法Lv1

錬金術Lv1

跳躍Lv1

鑑定Lv1

ダッシュLv1

これでいい。

あ、いっけない！

イリーナちゃんに連絡！　それにお茶！

あーん、もうっ！

私ってば本当にあわてんぼさん！

「分かってる！　もうちょっとでお茶にするから」

『お嬢様』

本当はお茶は後回しにしてでもイリーナちゃんに連絡したいんだけどね。

それに気になる。サモナーはゲームスタート時、召喚モンスターを一体ランダムで召喚出来るようになっていた筈。

で、出来ればモフモフなのを！

既に本サービス開始時にサモナーがいる。

従える召喚モンスターはウルフ。

う、羨ましい。

そして逢いたい。

思いっ切り、愛でちゃうぞ！

でもお茶にする事にした。

モニター画面から目を転じるとサイドテーブルにお茶とケーキが置いてある。オーガニックの紅茶。牛乳も卵も小麦も使っていないケーキ。

いっつも思う。

本当はもっと、色んな食べ物を味わってみたい！　でも手間を掛けて食事を用意してくれているから真正面から文句を言える筈も無い。鬱屈は溜まっているのだ。

バーチャル・リアリティ・ギアは？

モニターに引っ掛けてある。アイマスク型で最新型の特注品だ。これを使う事を周囲は快く思っていないのも知っている。でもこれだけが楽しみになっているのも承知している。それが好意だから、私も何も言えないのだ。

私は籠の中の小鳥同然。

でも目の前にあるバーチャル・リアリティ・ギアは新世界への扉の鍵。手放せなくなってます！

「お嬢様、お食事の時間がもうすぐなのですが」

「うん。すぐに戻るから」

どうだろう？　すぐに戻れるかどうか。

それはログインしてみないと断言出来ません！

あ、いっけない！

イリーナちゃんに連絡、連絡！

**トグロ**

バイパーLv1

器用値　11
敏捷値　14
知力値　11
筋力値　11
生命力　14
精神力　11

スキル

噛付き
巻付
匂い感知
熱感知
気配遮断
毒

私の足元にヘビがいる。

名前はトグロ。ネーミングセンスの無さが全開だけど気にしないでおこう。頭部も胴体もそれなりに大きいけど大き過ぎはしない。ヘビらしい斑《まだら》模様は一見すると地味だ。

　そしてこのトグロ、鎌首をもたげて地面から私を見てます。最初の召喚モンスターはランダムで決まるというのはベータ版と一緒だ。だから何になるのかは運次第。何になってもいいように心構えはしてあったんだけど。

「おいで」

　呼んだけどすぐに寄って来ない。そんなに社交的じゃない子なのかな？　でも右手を伸ばすとゆっくりと掌《てのひら》の上に来てくれた。

　そして腕を伝って右肩へ。首の後ろを通り過ぎ、左肩から鎌首をもたげて周囲を見回すと、そのまおとなしくなった。

　特に怖く感じない。

爬虫類《はちゅうるい》？　触っても平気な性質なのだ。両生類でブヨブヨしているのはちょっと遠慮したいけど。

　面白いのはその感触だ。不快ではない。肌に冷たいからむしろ気持ちいい。

「私だからいいけど。勝手に他の人に這《は》い上がっちゃダメよ？」

　一応、言葉に出して注意を促しておく。理解しているかな？　それは無理かもだけど、こういうのは最初が肝心だ。

　やってはいけない行動を見せたら叱ろう。

　レムトの町の様子はベータ版とそう大きく変

わっていない。アデルちゃんとの待ち合わせ場所は広場だ。既にお互いの外見はスクリーンショットで撮影、送ってある。

私の外見は？　正直、小さい。これはステータス値を反映したものだろう。ボーナスポイントを消費して変更を加える事も出来たけどしなかった。

それにサモナーは後衛に位置して戦うのが基本だ。前で壁役になる訳じゃないのだからこれでいい。

それに今の外見は結構、気に入っている。長めでストレートの黒髪。どこかお人形さんのような印象があるのは目が大きいからだろう。

アデルちゃんもまた小さい。私よりも小さいかも？　ショートカットで元気一杯、男の子のようにも見える。密《ひそ》かに愛でたくなるような愛くるしさに満ちてます。

そろそろ、来るかな？　来たら早速、お互いのステータスの確認をしておかないといけない。それにお買い物も済ませておきたい。

最初が肝心。それはベータ版と変わっていない事でもある筈だ。

**みーちゃん**
タイガーLv1
器用値　9
敏捷値　16
知力値　9
筋力値　20
生命力　19
精神力　10

スキル
噛付き
威嚇
危険察知
夜目
気配遮断

神様、ありがとう！

狼《おおかみ》さんじゃなかったけど、虎さんだ！

名前はみーちゃん。

三毛猫にしては大きいけど、可愛い！


「ウフッ」

ちょっと変な声が出ているけど抱きついてみた。

いい感触！　背中を撫で、喉元を撫で、再び首元に抱きついて頬擦り。


「クフフフフフフフッ！」

妙な笑い声の主は誰かにゃ？

私だ！　でも嬉《うれ》しいのは本当だから仕方ない。


ずっと、動物を飼うのは禁止だったのだ。

私が望んでいた事が、ここでは現実に！

頬に何か違和感。

頭の位置が撫でるのにいい具合になってる！

これは大変。

みーちゃんの頭頂部が禿《はげ》にならないように、気をつけなくちゃ！


拭ってみたら、頬が濡《ぬ》れていたみたいだ。

涙。

涙？

私ってば、泣いていたの？


ああん！

今からイリーナちゃんと合流しなきゃいけないのに、泣き顔なんてダメ！

顔を上げよう。それにもっとみーちゃんを愛でたいけど、後にしよう。

待ち合わせ場所は？

分かっている。きっと先に来ていて待たせてしまっているに違いない。


「じゃあみーちゃん、行くよ！」

みーちゃんは尻尾を立てて私の横に並ぶ。

おお？

# あとがき

まずはこの本を手にして頂きありがとうございます。そしてはじめまして。

本作の作者のロッドと申します。

小説投稿サイト「小説家になろう」で本作を掲載して早くも二年が経過、しかも書籍として発行する事になるとは望外の出来事です。これも毎日好き勝手に書き連ねて来れたのも読み続けて下さった方々の存在があったらばこそです。この場をお借りして御礼申し上げます。

思えば毎日更新し続けて来たのも一種の自己満足の発露であったのかも知れません。本来であれば、世に出すにしては色々とお目汚しな部分も多々あったものと思います。

何しろ本作に詰め込まれているのはかつて妄想していたアイディアの数々であり、それらを合理的に且つ洗練させた設定を細かく決めてあった訳でもないのです。

書きたいから書いた、最初はそういう作品であった事は否めません。それ故に二年間以上に亘《わた》って毎日書き続けて更新出来たのだと思います。

最後に素敵なイラストを頂いております四々九《よしく》様、そして装丁を担当して頂きました木村《きむら》デザイン・ラボ様に厚く御礼申し上げます。

今後とも主人公キースの冒険（?）を楽しんで頂ければ幸いに存じます。

二〇一五年一〇月　ロッド

# サモナーさんが行くⅠ〈上〉

発行　2015年11月25日　初版第一刷発行
著者　ロッド
イラスト　四々九
発行者　永田勝治
発行所　株式会社オーバーラップ
〒150-0013
東京都渋谷区恵比寿1-23-13
校正・DTP　株式会社鷗来堂
印刷・製本　大日本印刷株式会社

©2015 ROD
Printed in Japan
ISBN　978-4-86554-080-2 C0093

※本書の内容を無断で複製・複写・放送・データ配信などをすることは、固くお断り致します。
※乱丁本・落丁本はお取り替え致します。左記カスタマーサポートセンターまでご連絡ください。
※定価はカバーに表示してあります。

【オーバーラップ　カスタマーサポート】
電話　03-6219-0850
受付時間　10時～18時（土日祝日をのぞく）

**作品のご感想、ファンレターをお待ちしています**

あて先：〒150-0013　東京都渋谷区恵比寿 1-23-13 アルカイビル4階　オーバーラップ編集部
「ロッド」先生係／「四々九」先生係

**スマホ、PCからWEBアンケートにご協力ください**

アンケートにご協力いただいた方には、下記スペシャルコンテンツをプレゼントします。
★書き下ろしショートストーリー等を収録した限定コンテンツ「あとがきのアトガキ」
★本書イラストの「無料壁紙」　★毎月10名様に抽選で「図書カード（1000円分）」

公式HPもしくは左記の二次元バーコードまたはURLよりアクセスしてください。
▶ **http://over-lap.co.jp/865540802**
※スマートフォンとPCからのアクセスにのみ対応しております。
※サイトへのアクセスや登録時に発生する通信費等はご負担ください。

オーバーラップノベルス公式HP ▶ **http://over-lap.co.jp/novels/**